彭歌著

取者和予者

三民書局印行

中華民國五十九年三月初版
中華民國七十六年二月四版

© 取者和予者

基本定價貳元貳角貳分

著作者　彭　歌
發行人　劉振強
出版者　三民書局股份有限公司
印刷所　三民書局股份有限公司
臺北市重慶南路一段六十一號
郵撥：〇〇〇九九九八－五號

行政院新聞局登記證局版臺業字第〇二〇〇號
著作權執照臺內著字第[illegible]號

三民文庫編刊序言

書是知識的滙集，知識是人人必備的，因而書是人人必讀的；我們出版界的責任，就是要提供好書，供應廣大的需要。不但在內容上要提高書的水準，同時在價格上也要適合一般的購買力，至於外觀求其精美，當然更是印刷進步的今日應該做得到的。

知識是多方面的，社會科學、自然科學的知識，文學、藝術、哲學、歷史的知識，莫不為人所必需，推而至於山川人物的記載，個人經歷的回憶，也都包括在知識的範圍以內；這樣廣博知識的滙集，就是我們所要出版的三民文庫陸續提供的讀物。

在歐美日本等國，這種文庫形式的出版物，有悠久的歷史及豐富的收穫，人人愛讀，家家傳誦，極為我們所欣羨。近年來我國的出版界，在這方面亦已有良好的開始；我們願意站在共求文化進步的立場並肩努力，貢獻我們微薄的力量，參加栽種的行列。我們希望得到作家的支持，讀者的愛護，同業的協作。

中華民國五十五年雙十節

三民書局編輯委員會謹識

目錄

火車上讀報紙……一六〇
「時代」的新印刷廠……一六三
捷克人的血淚之作……一六六
罵人的專欄作家……一六九
那一場文字官司……一七二
這是反人權……一七五
平凡中的偉大……一七八
安格紐痛斥反戰派……一八一
去年的那一個……一八四
穆士基行情看漲……一八七
賈桂琳的眞面目……一九〇
貶値的英雄……一九三
韓國來的女作家……一九六
常將有日思無日……一九九
正大光明……二〇二

取者和予者

偶而在一本雜誌上讀到一句話，我覺得它言簡意賅，餘味無窮，值得轉述一番。這句話的大意是說：世界是由兩種人所組成的，一種是「取者」（Takers），一種是「予者」（Givers）。「取者可能吃得比較豐富，但予者一定睡得比較安然。」

原文對於「取者」和「予者」沒有下明確的定義，但那含義不難索解。此處所謂的取和予，與其人的地位、職業、學識、財富都沒有關係。一個人能够站在自己的崗位上，盡心盡力，對社會對人羣有一點貢獻，他所付出的超乎他之所得，便可以歸類爲「予者」——他有些東西給予這個世界。相反的，如果一個人事事爲自己營謀，把自己的利益放在第一位，所予者少而所取者多，便應屬於「取者」——他沾了這個世界的光。

如果整個人類的行爲可以列在一本總帳上，我們便可以看得出來，「予者」付出多而享用少，他所創造的「盈餘」，最後歸於人類全體所共享。整個文明的發皇與進步，就是如此點點滴滴累積而來的。當然，這種「盈餘」可能是一種偉大的發明和發現，可能是創建了一種造福生民的制度，可能是打贏了一場挽救國族的戰爭，也可能只是一本書、一首詩、一幅圖畫、一支樂曲；更也可能僅只是平凡的、瑣碎的、看來並不重要但却非有人去做不可的工作。

無論是偉大或渺小，卓越或平凡，「予者」的一生中都有一個共同的特色：他們都或多或少的、志願的或被動的，承受著一些自我犧牲。好比一個農人或工人，他所種植出來的食糧，他所生產出來的產品，他自己僅僅享受了微少的一部份，其餘部份則獻諸社會。

「取者」則不然。他對於社會貢獻甚少甚至毫無貢獻。他所享受的超乎他所應得的一份。人間不平由此而起。在一個社會之中，如果「取者」多於「予者」，則無論這個社會表面上如何繁榮進步，其結果必是有虧無盈，越來越走下坡的。

人所得的報酬，往往與他的貢獻並不相稱。就以人類史上第一位登月英雄而言，阿姆斯壯年薪不過美金三萬餘元。他在肉體上所受的折磨，精神上所負的重擔，以及他所冒的危險，豈是那區區金錢所能酬答的？以這樣一個對人類大有功的人來說，其物質所得也許還不及一個玩股票、炒地皮、放高利貸的人百分之一，千分之一。

但是，人生得失不僅限於金錢物質。「取者可能吃得比較豐富，但予者一定睡得比較安然。」一個會替自己打算的人，儘可以食膏粱，衣錦繡，享盡塵世繁華，但在內心深處，總會有空虛落寞，不能自安之感。一個人要想心安理得，「睡得比較安然」，還是應該所取者少，所予者多，對世界有所奉獻，不沾別人的便宜。

民國五十八年八月十日

薪盡火傳

好幾年前，參加某大學歡送畢業班同學的集會，聽到一位新聞界的老前輩講述「薪盡火傳」的意義，印象一直很深刻。我覺得那是一種十分悲壯蒼涼的境界。最近省立基隆中學發生了一樁學生弑師的慘案，使社會爲之震動，從事教育工作的人尤其感到寒心。因此，我想把那次聽來的道理加以申述，對於今日在學校中的青少年朋友們，或者是有意義的。

做老師的人好比一塊乾柴，燒、燒、燒，燒成了灰燼。爲甚麽？爲了保存那火焰、那光芒、那溫暖；爲了盡那傳道、授業、解惑的一份責任心。「薪」是燒得盡的，但是，「火」也一定會傳下來。文化的延續，道術的傳流，知識的開拓，就這樣一代一代接替發展下來。古中國的孔孟聖賢先師，古希臘的蘇格拉底、柏拉圖、亞理斯多德諸哲人，都留下先後相承的典型，咸爲千古之美談。教育事業的神聖性，便在於它是一種自我奉獻，在默默之中燃燒，爲的是把光明留在人間。

當光明照耀的時候，他們已經燒成灰燼了，這是古今中外的「師」共同的命運。然而，他們欣然地接受這一命運。是甚麼力量鼓勵着他們？是崇高的理想，是熱烈的期望，是因爲「一代要比一代好」，是確信時代是在不斷地進步之中。今日之世，教師的工作最繁，責任最重，而待遇最苦，社會地位是「清」而不「高」。雖然其中有些是不安於位，也有些是不稱其職，但是，大多數的教師是兢兢業業地固守崗位，恪盡職責。

他們的希望在那裡？是希望學生們敦品力學，能成爲社會上有用的人才；他們的安慰在那裡？是看到學生們有一天能有超過了自己的成就，對國家有更大的貢獻。

人與人之間的關係，父母兒女、夫妻手足，當然是最親切的。此外，可能就是師生了。父母之於兒女，有時或仍不免有「養兒防老」的想法；師長之於學生，則連這一點「報恩」的念頭也不放在心上。他們盡其所能盡其所知地教育下一代，這種純潔無私的感情，豈不值得人永久懷念？

然而，現在的教師們却在嘆息：「教不嚴，師之惰；教之嚴，師之禍。」在惰與禍之間，叫他們何以自處？

今天還在讀書的同學們啊，你們如果能够靜靜地坐下來，凝神冥想，想像着一幅乾柴在燃燒的圖畫，火焰熊熊，照亮了你的臉，溫暖着你的心，而那乾柴燒完了，不復存在了。這就是「薪盡火傳」，這就是你們的老師。

你豈不應該對他多一層敬愛之心，懷一份感恩之情？

讓我們忘懷那個七十萬分之一的壞學生吧，讓法律給他以應得的制裁。但是，對於一個負責盡職的老師，不可在他的身後再妄加誹議。時光會洗去這一慘痛的記憶，那位老師的死已經引起各方的警惕，「尊師重道」再度成為一時的呼聲，也許這便是他犧牲的代價。

民國五十八年五月十六日

耐心和信心

古今中外的教育，都是由於個體參與種族的社會意識而進行的。杜威在「民主與教育」中解釋說：「這種進行的過程，幾乎是於降生時卽在無意識中開始的。它不斷地在創造個體的能力，充實他的意識，形成他的習慣，訓練他的思想，並發展他的感情和情緒。由於這種不知覺的教育，個體漸漸去分得人類已經收集到的智慧和道德的財富，他變成一個旣有文化資本的承繼者。」使個人成爲「旣有文化資本的承繼者」，使他不但能適應社會環境，而且能有效地利用環境，改造環境，這便是教育的莊嚴意義，亦是教師的神聖責任。

這幾天，重讀楊亮功先生著「教育學硏究」（商務，一四〇頁），這是一本謹嚴精要的小書。全書分爲四篇，分論「教育意義、功用與目的」；「西洋教育之歷史的發展」；「中國教育之歷史的發展」；「教育研究法」。作者自謙說，這本六萬字的書，「既不屬于教科書類型，亦非爲有系統的專門著作，祇就教育上若干問題作一種硏討而已。」我却認爲這種特色毋寧說正是這本書的長處，它是爲大多數並非專門研究教育的讀者而寫的。教育與人人有關，但教育的意義、目的與功能却並非盡人皆知。當國家在全力發展教育的時候，當我們的教育事業中發現了種種問題的時候，我推薦這本書給爲人父母師長的人以及所有在長成中的青年朋友，都應讀讀這本書。教育並不祇是蓋校舍，撥經費，讀博士學位；教育是心靈的、性格的建設，是康德所說的「人類唯一的希望」。

我瞭解，由於某一個壞學生揮斧弒師案，使得有些教師們心灰氣沮。這種心理反應，我相信祇是局部的、暫時的。因爲教師的任務與志願，不應受到七十萬分之一的特例所影響，絕大多數的青年和兒童都是可愛的——從他們的身上依稀看到若干年前的我們自己的影子。

美國猶他州迪克司學院院長卜魯恩（Arthur F. Bruhn）曾寫過一首「我是教師」的長詩，描述一個教師應該如何教導學生，寄意深遠，用心仁厚，頗具啓發性。這首詩也經楊亮老譯爲中文。詩中說到學生們各有不同的身世、不同的資質與性情，有沉靜的、吵鬧的、羞怯的，有漂亮的和醜陋的，有自暴自棄的，有雄心勃勃的，也有富於天才的。

每個孩子都是不相同的，

在這個世界上總有一個地方
是他的立身所在。

老師要發現每個學生的優點和缺點，和他們不同的需要。教導他、鼓勵他、琢磨他、讓他們知道「如何思想、如何理解、如何信仰」，教師有時是「嚴厲而毫不寬容」，有時是「和藹仁慈」，但更重要的是——

我的任務要求我忍耐
要求我信任孩子們，
更要求我要有信心。

老師們啊，在任何的情形之下，請你們對你們的學生不要失去了耐心和信心。

民國五十八年五月十七日

讀需才調查報告

行政院輔導留學生回國服務委員會，於五月間出版了一份「國內各機關院校需要專門人才調查報告」。報告的目標：是爲使旅居國外的學人和留學生，明瞭國內各方面需要人才的情形，以鼓勵其回國服務，用意至佳。根據這一調查報告，可以使人瞭解國內目前需要些甚麼專門人才，以及所需人才的程度與人數。據我所知，這是政府第一次發表這樣有系統的、全面性的調查報告。留學生輔導會今後每年都要舉辦一次這樣的調查，並將調查結果整理分析，編印報告，供國外學人和留學生參考。相信由於這一報告的發表，對於號召目前身在國外而有志回國服務的人，可以發生「觸媒」的作用。

這次的調查報告中，塡送需要人才的共有一二四單位，所需人才一、三四四人。這些單位包括中央各部會處局、臺灣省政府和臺北市政府所屬單位、公私營事業機構與行局、公私立大專院校和軍警院校。

從這份調查報告中，可以發現幾個問題，值得分別一談。

首先是待遇。國內待遇偏低，我們瞭解，有志於回國服務的人大概也瞭解，待遇高低限於國家的財力，談亦無益。但是，同爲政府機構，所需學歷相等，待遇却懸殊得不成比例，使遠在國外的人不能無疑，這是可以想像得到的。其次，是待遇雖薄而名目繁多，除了基本的薪俸、實物配給、宿舍三項之外，還有職務加給與學術研究費，而薪俸之中又有本俸、年功俸和生活補助費等名目。究竟一個人一個月實際的收入總共有多少錢，不要說去國多年的人搞不清楚，連我們在國內的人也不甚了了。

關於「待遇標準」一項，大多數單位塡的是「按照一般公務人員待遇」，或「國營事業」、「國家行局」，或「按國家科學會聘請專家之標準」，想必是有不同的。不同到甚麼程度，則沒有具體說明。

有些機構是塡出數字來的，但差距甚大。譬如交通部電波研究所需要研究員八人，要有相關學系的博士學位，月薪是八千到一萬五千元，配給宿舍；這是調查報告所列職位待遇最好的。可是，同樣的博士學位，如果到臺大理學院任教，包括科委會的研究補助費在內，每月可得七千到八千元，有配給和宿舍。這位博士如果到經濟部聯合工業研究所，擔任物理師或化學師，月薪二、五八〇元到四、三二〇元；到中國石油公司擔任研究師或設計工程師，月薪三千到四千。到臺北市政府工務局擔任技正或正工程師，那便是「法定俸給」了。

由此，我們無妨假定，有幾個熱心回國服務的留學生，在同一大學同一科系深造，都得到了博士學位，學歷資歷相差無幾，但因爲回來之後進入的機構不同——雖然都是公家的機構，但其待遇可能相差數倍，這是否有點不合情理呢？

當然，這個問題牽涉很多；政府現在對於聘請專家，大體已經朝向單一薪俸的目標做去。希望能够逐步改善，全面求新，力求更科學化、更合理化才好。

民國五十八年六月十三日

文法與理工

從「國內各機關院校需要專門人才調查報告」中，還可以得到另外一個印象：理工科人才的需要甚多，一般說待遇亦較好，文法科則大家都不大需要，即使需要，待遇也很低。

譬如外交部需要「擬稿研究」的專員三人，條件是「碩士以上之法、經、國際事務人才」，待遇「新臺幣一千餘元，配給三百元，宿舍依登記序配住」；而且，「須經本部甄試後錄用」。其他機關之需要文法科系人才者，除了沒有「甄試」的規定之外，別的條件大致都差不多。

從某一方面來講，理工重於文法，毋寧說是一種好現象。因爲我們處於「科學第一」的時代，建設國家，對科學人才的需要最爲迫切。重金禮聘科學技術方面學有專長的人才回國服務，是一種應時的政策性的措施；我們不僅同意，而且應該支持。

不過，這種措施的影響是很深遠的，不容完全不顧。今天，在成績較好的高中裡，凡是文理分組的，文組的人數不過十之一二，理組則常佔十之八九。這種趨勢到了大專階段，便是文法科系中女生遠多於男生；我不輕估女同學的學識與能力，她們往往比男同學用功，成績也好，但我不能不想到她們將來成家之後，是否能像男同學一樣固守崗位？在新聞這一行裡，像軍事採訪，像犯罪新聞採訪，乃至於熬大夜班的編輯工作，對女性都是不適合的。我想在別的行業中也會有類似的情形。這種「偏向」，恐怕不能說是一種健全的現象。

國家的建設工作，千頭萬緒，需要各式各樣的人才，互相配合，才可以成功。文、法、理、工、醫、農、商、師範，缺一不可。尤其在高級學術人才方面，似乎更不容畸重畸輕。一個健康的人，不是某一部份器官健康就行，一個富强的國家，也絕不是只靠某一部份人才就行的。科學第一的原則固然很正確，但我們現在已經不止是科學第一，而幾乎已經是「科學唯一」了，這是否有點矯枉過正？

就單從科學建設來說，也需要科學以外的各方面來配合。可是，從「調查報告」中，似乎專門人才都限於與科學技術有關的人。是否在這個範圍以外的學人和留學生，縱令學有專長，國內也並不需要呢？實際情況恐怕並不是如此，也不應該如此。

要全面革新，就需要爭取各方面的人才。國外的人能不能回來，肯不肯回來，那是第二步。

國內的機關院校應該有更遠大一點的計劃，不要因爲「現無缺額」之類的理由，就以保持現狀爲滿足。全面革新不僅是國家的決策，也是時代的要求，從「科學第一」入手是對的，但如果認爲科學之外就都變好，就都不需要再拔引人才，可就大錯特錯了。如果「理工重於文法」的趨勢長期化制度化了，恐怕科學建設本身也不能圓滿達成。

民國五十八年六月十四日

削減必修科

社會進步，人口增進，所謂「人的投資」的教育事業，幾乎在每一個國家都有或多或少的問題，解決的方法雖因國情而各有不同，但大的趨勢可以說是殊途而同歸，不離乎「倫理、民主、科學」的原則。

政府要有所興革，需要借重學人專家的見解與經驗，譬如日本的文部省（相當於我們的教育部），爲了檢討高等學校的課程，曾委託其諮詢機構「教育課程審議會」，從去年春天開始著手研究。這個審議會的會長是東京學藝大學名譽教授木下一雄，前些日子他發表一項中間報告；其中提出了相當具體的目標與改革方法，値得一談。

日本的高等學校，相當於我國的高中。戰後由於「升學主義」的風氣甚盛，所以，高校逐漸形成投考大學的預備學校；要進入好的大學，必先進好的高校，競爭激烈的情形，比之我們的「聯考」有過之無不及。因此，各校師生乃至學生家長，也就把「學科」看得很重，對於如何做一個「健全的人」，反而忽視了。說起來，這豈不亦正是我們中等教育當前的病象？

木下報告中指出，今後高校的教育應該採取新的方向：首先，是要使青年養成人與人之間相互尊重、負責任、守紀律的態度。其次，「必修」的科目與單位數，要大幅削減。連必修的外國語，也建議改為選修。第三、為了適合學生的能力與適應性，同一課程可以再加細分，難易深淺之間，可以有不同的設計。

根據這個審議會的建議，文部省預定到明年三月制定「新學習指導綱要」；新的教科書在一九七〇學年度編纂完成，一九七一年檢定，到七二學年度才開始全面推行採用。將來高校的科目，必修科的減少似乎是會通過的，至於削減的幅度如何，目前言之尚早。

這個報告書可以說是相當具有「革命性」的；因為其中所提的做法，是針對時弊而又頗有大刀闊斧的意味。附帶說一句，日本報紙上是將這一報告書的要點列為第一版頭題來處理的；於此亦可見社會上的重視與期待之情了。

我們的情形與日本不同，但如從高中的師資、經費與設備等項來比較，也許問題比日本更多。削減必修科，減輕學生的課業負擔，而使青少年們多多注意書本以外的（或者說，教科書以外）活的知識，從生活中使他們更爲理解到倫理的眞諦與民主的內涵，與科學學識並進，理論上應該是正確的。

至於外國語改爲選修，我認爲我們是不能採納的。我們應該承認，日本的科學技術都比我們進步得多，他們已經具備相當可以「自立」的條件，我們則沒有。學外國語文，越年輕越容易，無論從多有一種工具著眼，或從多瞭解外國文化著眼，我們的中學以英文爲必修，恐怕仍是有必要的。

民國五十八年六月十五日

中年人的興奮

我們這一代中年人，最稀有的感情是興奮，連人類登陸月球那樣的大事，熱鬧兩三天也就過去了；那畢竟還是「別人」的事。必得是像金龍小將棒打天下這樣的新聞，才能讓我們大大的興奮，有點兒如醉如狂的味道，眞美。

有位喜歡說北平土話的朋友曾對我說，我們這一輩中年人，好有一比，比做「老太太的脚指頭，窩窩囊囊一輩子。」話是說得很「村」，然其間亦不無道理。

對今日四十多歲的中年人來說，辛亥革命已經是「上古史」，北伐前後剛剛出生，八年抗戰期間大都還在「絃歌不輟」，値得一述的也不過是穿草鞋，吃平價米，喝過稻田裡的水，跑過警報。然後便是比八年抗戰長了兩倍半的戡亂與播遷。半生回顧，眞箇是只有憂患顚沛，忍辱負重，說不上轟轟烈烈，吐氣揚眉。

國家處境一直是在危疑震撼之中，個人事業也就一直是在盤旋頓挫之境。佩金印，乘高軒，以權位利祿驕其妻子，那是「小丈夫」之心；「出門不顧後，報國死何難？」這一代中年人雖然胸中也有干雲豪氣，然而，今日之事與辛亥、與北伐、與抗戰皆有不同。在安定、繁榮、進步聲中，多少昔日的「青年才俊」已經默默地走向了「人生開始」之途。中年人的心境，是沉鬱的、陰涼的；缺少的是慷慨悲歌的氣概。

金龍小將的勝利，給我們帶來了大大的鼓舞；還不止是由於「世界冠軍」的頭銜，也不光是因爲國際間的讚美。我個人的第一個感覺是：下一代的中國人，眞比我們强！這就值得我們大與奮，值得我們大歡呼！

本月七日，小金龍班師回朝的那一天，臺北街頭人山人海，令人想起當年抗戰勝利時的人潮盛況。人叢中有人說，「看這些小傢伙多麽神氣。就憑這股勁，我們三年之內，一定能掃平大陸。」這話並不邏輯，但是表現着一種强烈眞摯的感情。

在電視上看到那場冠亞軍決賽的實況，「美國王貞治」米基曼托唸唸有詞，在戰雲密佈，勝負未卜之際，他已經一直在看好金龍，陳智源的大將之風，蔡松輝的指揮若定，和每一個隊員在鐵的紀律中表現的彬彬有禮，都受到讚美。余宏開的一支二壘打，我也覺得心都隨着球兒飛出去了。

麥克阿瑟曾有名言，「勝利是無可替代的。」勝利的快樂也是無可替代的。世界冠軍屬中華，這味道眞是美，眞是無可替代的。睡着了都會笑醒來。

外交是內政的延長。外來的讚美總不及自己人的振奮更重要。我們爲金龍喝采，爲童子高歌，在這一剎那間，我們覺得幾十年的茹苦含辛，忍氣吞聲都有了報償。「乏善可陳」的中年人，總算看到了遠比我們精彩的下一代。「功成獻凱見明主，丹青畫像麒麟台」，這是勝利的一代。

在民族生命浩浩蕩蕩的洪流中，我們的血、淚、汗，蓄積了開創新局的力量。中國是有前途的。只要下一代比我們强，眼前吃點兒苦，算得了甚麼？

民國五十八年九月十二日

孩子們帶來的

這些小朋友們實在是太可愛、太可愛了。您自然知道我說的是誰——代表太平洋區棒打天下，橫掃八方的臺中金龍棒球隊。這十四位小朋友不僅贏得了第二十三屆世界少年棒球賽的冠軍，而且也是第一次使中華民國在世界性的體育競賽中贏得了最大的勝利。這項最高的榮譽竟是一羣孩子們打出來的，怎不令人興奮若狂？怎不令人對他們要表示一份喜愛與感激？

時賢都已指出，少年棒球隊之揚威國際，與實施九年國民教育有直接的關係。我非常同意這種看法。把「升學」那一道關口的威脅去掉，孩子們本來是可以「打出一個樣兒」來的。哪一個孩子不喜歡玩？哪一個孩子不喜歡動？教育的目的是要在順應自然天性之中陶冶鍛鍊，發展身心。金龍隊的勝利，不止爲九年國民教育的成功提示了有力的證明；同時更爲全國同胞增加了莫大的信心：只要在正常的環境之下，中國人在各方面都能够有優越的表現的。

有很多朋友都說，金龍隊贏得「世界少年棒球冠軍，是中華民國最成功最有力的宣傳。我們的孩子們比起西方國家的小選手來，顯得又瘦又小，甚至於被認爲「營養不良」，但他們憑藉優越的技術，沉著的判斷，攻如風火，守如山獄，三戰强敵，都以壓倒的比數取勝，贏得了全世界對於中國人的敬意。這豈止是最有力的宣傳？這是創造了歷史！這是正式寫進歷史的紀錄：今之中國人乃是世界上的强者，不復是東亞病夫。

同時，孩子們這一場勝利也帶來了一番意義深長的啓示，對我們這些成年人的啓示。且不要想到宣傳的效果如何，一個人只要能牢守崗位，戮力本業，憑一念之善，一技之長，任何一點一滴的成就，只要到了登峯造極的程度，就能爲國家爭來無上的光榮，就能爲全體中國人爭一口氣！只要自己努力，自己爭氣，就不怕別人不心服口服！最有力最成功的宣傳，不是宣傳，而是行動，而且是行動的成果！惟有流汗、流淚、流血所換來的成果，才能創造無人能够小視，無人能够抹煞的歷史紀錄。

自七月廿四日凌晨開始，從臺灣到海外，凡有中國人的地方都在談論金龍隊的奪標，都在慶祝金龍隊的勝利。小英雄們凱歸國門之日，自然將受到全國同胞最熱烈、最隆重的歡迎。「黑白集」裡的「歡迎三忌」已經反映了社會的觀感，希望大家最好少來吃飯、訓話那一套大人的「把戲」；球是孩子們打贏的，大人們最好坐下來多想一想，今後如何發展少年棒球乃至全民體育的事。至少希望明年少年棒球隊出征的時候，不要再叫他們爲了一百二十萬元的路費傷腦筋。

金龍隊爲我們贏得的不止是世界少年棒球盟主的榮銜，更爲我們添注了堅強的信心：中國人是强者。我們要埋頭苦幹，要從各方面努力，要由小至大從各方面去創造歷史，要爲中國爭光榮，爲中國人爭氣！

民國五十八年八月二十九日

學學泱然大度吧

「三三草」在六月初曾兩度介紹日本前駐阿根廷大使河崎一郎的「日本的眞面目」。這本風行一時的書，臺北已經有了兩種中譯本，據說也都很暢銷。我所讀到有關中文本的評介之中，以邵德潤先生所論最爲公允而深入。我個人在讀中譯本時，凡河崎指出日本人的弱點而我認爲中國人也有同病之處，就隨手在書上做一點記號，做一點評語；到後來竟發現幾乎每一頁上都可以做記號，都可以寫上「中國人亦有此病」，或者「我們還要厲害些」。

可是，日本人——或至少某些日本人，有一個毛病，似乎是中國人少有的，那便是器量短淺，不能容物。也就是日本有識之士痛心疾首的所謂「島國民作風」。

最近，世界少年棒球賽中竟鬧了笑話。本報載說，日本少棒聯盟的負責人角野與山崎，向大會控告中華隊使用的球棒過粗，不合規定。可是，大會專家調查之後，發現我們的球棒是日本製造的，而且也正是今年太平洋區代表權比賽時正式使用的球棒。這一來，臺北的編輯老爺得到了幽他一默的機會：「說我們棒粗，是他們貨差。打自已嘴巴，鬧出了笑話。」在大賽完畢之後，日本方面還曾對中華隊員的籍貫、住所等問題，表現了頗不得體的「關切」。這些小動作，不免給人一種「小家子氣」的印象。這種一二人的失態，雖然說不上對於「中日兩大民族的友誼」會有甚麼影響，但日本體育界人物的Image，却因此類小動作而蒙受了陰影，至少讓人覺得他們有點兒「輸不起」，爲日本計，這是很令人惋惜的。

日本體育風氣甚盛，成績甚佳，棒球水準僅次於美國。日本的少年棒球隊挾兩屆世界冠軍之聲威，一戰而敗於中華小將的棒下，心有未甘，亦在人情之中。然而，勝負乃兵家之常事，何苦來輸了球脚底下絆子？日本代表以新敗之師，遠赴威廉波特作壁上之觀，理應如「審頭刺湯」裏陸炳大人所說，「就該坐在一旁才是。」怎麽一會兒又道棒子太粗，一會兒又道籍貫不對，這豈不是自取其辱嗎？

日本人有許多的優點，他們勤勞刻苦、認眞負責的精神遠勝過我們。就以少年棒球而言，也比我們的基礎深厚得多。十幾年前到東京，曾看到在寸土寸金的市區內，馬路轉角處就有許多座小型的兒童棒球場，很多小朋友在那兒練球，使我留下了深刻的印象。我們的少年棒球隊成長的過程，比他們艱苦多了。

但是，球場勝負猶如戰場，金龍棒打天下，是在成千成萬觀衆有目共覩之下，一棒一棒打出來的。而且檢討戰績，我們可以心平氣和地說，絕無徼倖的成分。日本代表心服而口不服，想要在場外贏得球場上贏　到的戰果，結果却不免爲天下英雄恥笑。

日本有人來臺灣學做中國菜，也有少年隊來觀摩棒球球技，這都是很好的事。但我希望日本朋友在「愛國熱情」之外，也能體會一下中國人「聞勝勿驕，聞敗不餒」的決然大度之風。

這才是東方文化的正統。

民國五十八年八月三十一日

愛國與敬業

中華兒童交響樂團訪問菲律賓之行，結果圓滿。這是金龍少年棒球隊稱雄世界之後的另一喜訊，更使人相信「英雄出少年」言之不虛。

郭美貞女士是一個可喜的人物，雖然有人稱她爲「女暴君」，那毋寧是對於她工作態度嚴肅認眞的一種讚美，不含絲毫惡意的。

記得一年多之前吧，我國駐日大使館新聞參事虞爲先生回國公幹，和新聞界朋友們小聚。當時是郭美貞剛剛在東京指揮了一個極有名的交響樂團公演之後不久。虞先生說，第一天公演時，適值傾盆大雨，他深怕場面冷落，想不到竟是座無虛席。像郭美貞這樣的妙齡少女，如果唱唱歌、彈彈琴，也許算不了甚麼。而她居然擔任大軍統帥一般的樂團指揮，頭頭是道，許多位白髮蒼蒼的名手，都隨着她的「魔棒」而演奏。事後，日本新聞界和音樂界都對她指揮的才能佩服得五體投地。

東京是十方雜處之地，各國俊才都有。虞先生說，有許多外國人士訪問郭美貞女士，她絕口不講英語，談話中總要強調「我是中國人」。

大家都知道，郭美貞自幼生長海外，直到現在爲止，恐怕她說國語還是趕不上說英語那樣俐落。虞先生駐東京多年，見到有些過往的中國人，會幾句英語的就要講英語，會幾句日語的就要講日語，儘管有些人講得十分之「破」，仍以此沾沾自喜。相形之下，便更顯得郭美貞的自尊自重爲難得。

當然，「愛國心」之強烈與否，並不足以增減藝術價值之高下。但是，愛國家乃是一種極自然的情感；一個人如果對於自己的國家都可以「無所謂」，則其所能「忠於藝術」者恐怕也就很有限了。

兒童樂團此次出國之前，郭美貞曾在電視上接受訪問，有幾句話說得非常令人感動。她說，她所指揮的團員們，連日練習頗爲辛苦，「他們都還是小孩子，但我並沒有因爲他們是小孩子而降低對他們的要求。音樂是一件很偉大的事情。」

這話顯示了她的敬業精神。任何人要在任何事業上有不凡的成就，都先要有這種鄭重恭敬之心。郭美貞有今日之成就，乃至這一次兒童樂團之風靡菲島，事豈偶然哉？

處今之世，任何國家不能遺世而獨存。國際之間交往，無非文化與貿易關係。文化交流的重要性，久爲國人耳熟能詳。從文學、美術、音樂、戲劇、到體育與各種專門學術，都是極待努力推展的項目。一個國家之能被人稱爲强大與進步，並不僅限於擁有多少軍力，或掌握多少黃金外匯，甚至人口多寡，資源豐歉，都未足以爲定論。最要緊的還是要每一個國民「頂事」。積個人之力成爲國家之力，如此方能有「拿得出去的東西」，方能光耀世界。

郭美貞愛國的精神與敬業的態度，是值得我們敬佩的。

民國五十八年九月二十七日

征月之旅的啓示

我們何幸而生活在這一時代！我們親見人類歷史上最爲壯觀的冒險：飛向月球。美國總統尼克森有言，「在歷史上首先踏上月球表面的雖是美國太空人，但宇宙却屬於我們全體；如果今天去探索月球神秘的是美國，明天也照樣可以是別的國家。參加這一次舉世矚目的太空之旅的雖然只有三位太空人，而且實際登陸月球的只有其中的兩人；但是，整個世界將和他們同在。」

按照預定計劃，美國太空人阿姆斯壯和艾德林將於臺灣時間廿一日凌晨四時十九分，在月球寧靜海的西南角登陸。在距離我們約四十萬公里之遙的月球上，明天凌晨將開始留下人類的足跡。

這亦正如尼克森所說的：「這是人類的見識與勇氣的證明。太空人的太空之旅，不僅是技術上的成就，它是人類精神的發揚。它提高了我們的眼界；顯示出輝煌的觀念能够成爲事實。」

人類登陸月球的嘗試，至少給我們三大啓示：

第一、它激揚了人類的自信，提高了人類的尊嚴。這是人類史上「戡天役物」的最新傑作。如果人能成功地登陸月球，還有甚麽困難不能克服的？世間當然還有許多和登陸月球同等困難甚至更爲困難的事；但是，登陸月球的太空人爲我們立下了良好的榜樣：雖千萬里吾往矣。我們怕甚麽？使輝煌的觀念成爲事實的，是有血有肉、有智慧、有勇氣的人！

第二、人類偉大的業績，皆賴團結合作而成功。登陸月球雖只兩個人，但他們背後却是以美國的國力，乃至世界的科學知識爲後盾。太空航空學家、電子學家、數學家、天文學家、地質學家、微生物學家、醫學家，乃至於各種工業技術專家，直接參與其事者何止百萬人。在太空人歷時十天，往返八十萬公里的長征途中，任何一秒鐘的差池，一個小螺絲的失靈，都可能妨害到全部工作的完成，甚至於造成無可挽回的悲劇。所以說，登月的嘗試將再一度雄辯地證明了合作的重要性。若非這千百萬人集體智慧的充分發揮，「廣寒折桂」將永遠存在於詩人與神話作者的想像之中。

第三、我們再度認識了科學的偉大，因而更要尊重科學精神。在登月之旅中，最使人感動讚嘆的，是設計的精確細密：幾點幾分幾秒做甚麽事情——他們非這樣精確細密不可，因爲「農神五號」升空的時候，每一秒鐘就要消耗十五噸的燃料；而在脫離地球軌道時的飛行速度，是二萬四千二百五十哩，或每秒鐘三萬五千五百卅五呎！差之毫釐，失之千里，絕不是誇大的說法了。

生活在這樣一個時代中，雖然並不是我們每一個人都可以飛往月球，但我們要記取這些啓示。當有人能够遠行孤征，十天往返月球的時候，我們如果做事情還是馬馬虎虎，不求精確，不講效率，如何能够配稱爲一個現代人呢！

民國五十八年七月二十日

壯麗的詩篇

幾天來，擡頭見明月，都有不同的感觸。它不復是可望而不可卽的、神聖不可侵犯的「太陰星君」了，因爲那上面已經留下了人類的脚印兒。從一九六九年七月廿一日這一天之後，月球在人類的心目中，也不過是另一個省份，另一個國家，另一處山川名勝；遠是遠一點，但總是有人去過了。說不定十年八載之後，買張票就可以去的。幾十年以前，登陸月球彷彿是狂人的夢囈；安知幾十年之後旅行社不辦月球集團觀光呢。世界變得太快，我們不可再對於新鮮事物動輒「斥其輕妄」了。

對於月球的敬意稍稍減少，對於人類的智慧與勇氣却大大增加。我想，如果有一件事情能夠在同一時期贏得全世界人們的衷心祝禱，希望它能順利成功，那便是人類登陸月球了。當太空人阿姆斯壯的左腳踏上月球時，他說，「對個人而言，這祇是小小的一步；對全人類而言，這却是大大地躍進了一步。」這一步，不僅跨進宇宙的一個新境界，也必然邁入歷史上的一個新時代。

美國的聲威大振，那是不必說的。但是，我覺得美國人表現的成就，還不止於是科學與技術，人力與金錢，而是他們的風度。月球上雖然樹起了一面星條旗，但美國人却不是以征服者踏上了新的殖民地之姿態出現的。太空人留在月球上的那塊匾牌（嚴副總統說，照中國人的說法，應該就是一塊碑。）碑文曰：「我們是帶著全人類的和平意向而來。」正是要有如此的襟懷器識，才談得到領導世界，表率羣倫。誰能再說美國人幼稚、不成熟？

當然，登陸月球成功，並不能解決美國在地球上的許許多多問題，更談不上解決所有的世界問題。從越南戰事到黑白糾紛，美國的問題太多太多。從反攻大陸到如何使臺北市下雨的時候不會變成威尼斯，我們的問題也太多太多。人類登陸月球所表現的「本領」，看起來目前並不十分「實用」；然而，却給我們絕大的希望與信心。這些科學技術的結晶，將來必然能有助於解決塵世間的問題，「從此以循世界大同之旨，共登宇宙太平之域。」

在此，我願套用一句美國人喜歡說的話：我們不僅為人類登月成功的壯舉而歡呼致敬，同時也很高興，登月的奧秘「掌握在我們的友人手中」。

太空人雖然使「碧海青天夜夜心」的嫦娥無處存身，減低了月亮的詩意，然而，登月之行本身便是一首壯麗瑰偉的詩篇——它不僅美而奇，而且是通往宇宙大同之域的。

民國五十八年七月二十五日

新聞報導之後

人類登陸月球，眼前至少已經有了一種顯而易見的效果：這一劃時代的壯舉，激起了全世界人類的希望與熱情，對於科學發生了前所未有的興趣。

七月二十二日凌晨三時半，我從報社下班，那是我們夜班工作人員第二個通宵。我坐上一輛計程車回家。那位司機朋友問我的第一句話，並不是「到那裡」，而是「他們已經起飛了沒有？」當時，太空人登陸成功的消息已經不再是新聞，大家關切的是他們能夠安然凱旋。我告訴他，「他們已經乘登月小艇離開了月球。」那位司機朋友又問，「他們還沒有回到指揮艙嗎？」我說，也許還要過一陣子，「照計劃他們要環繞月球再飛一十六圈。」

那位司機朋友發問時的態度極爲嚴肅，語調極爲鄭重。當時使我覺得十分感動。他所提出的問題，不僅表示他對於登月一事由衷的關注，而且，具備了討論這件事的初步知識。科學的知識——儘管祇是一點皮毛，能够如此深入市井，這就是很了不起的事。

憑良心說，我們這一代的知識份子，包括最近一兩個星期用惡補方式造成的「內行」在內，對於登月的知識又何嘗不是僅僅摸到了一點皮毛呢？我們不必輕視這些皮毛；因爲，如果沒有美國人花了二百幾十億元去到月球，我們恐怕連這一點皮毛也懶得去學。可是，我們却絕不能滿足於這一點皮毛。這一股追求新知的熱情，不應該隨着登月之行的結束而結束。否則我們就永遠祇有爲別人拍巴掌的份兒了。

各種大衆傳播工具，從報紙到廣播、電視，這次都有很好的表現。隨着登月新聞的報導，也傳佈了許多有關的知識，充分發揮了傳播事業對社會服務的功能。我們大多數人的「太空知識」，恐怕大部份是由讀報紙、聽廣播、看電視而來的。

登月誠然是一椿空前的大新聞。但如果我們祇以看一椿新聞的態度去對待它，那是不够的，也是不正確的。緊跟在新聞報導後面的，應該是有若干適合各種程度比較深入、專門而有系統的書籍出版，從最高深的到最普及的。科學家們、作家們、和出版家們應該朝着這個方向去努力。「歷史上最偉大的時刻」，雖然祇是一瞬間的事；但爲了準備那一時刻的到來，美國人也苦幹了十年。假如我們不從根本上去努力，而祇以能搬弄幾個名詞，背誦幾個數目字爲滿足，未免太偷懶了。

坦白地說，我們在最近期間，還沒有送人上月球的可能。可是，如果別人已經做成功的事情，我們還在「不求甚解」階段，那還談甚麼迎頭趕上呢？

民國五十八年七月二十六日

文學對科學的啓發

人類任何偉大的成就，皆非一二人偶然之作，而必有其源遠流長的背景。譬如這次人類登陸月球的成功，事情雖然發生在一九六九年七月，但如推溯其成因，則要算到好幾個世紀以前。

這次人類去來月球如此順利，因素當然很多，可是，那三十多層樓高的「農神五號」火箭，總是具有關鍵性的。因此，很多人都認爲登月壯舉之完成，范布勞恩博士應居首功。此人是德國V2飛彈的設計人之一。一九四五年希特勒戰敗之後，由於美國情報人員的安排，接運了一百二十七位德國科學家前往美國，其中便有范布勞恩在內。他當時年僅三十三歲，在美數載，就發展成功陸軍的紅石火箭。那是美國發射最早的一種火箭。此外，他對於太空船防熱盾的發展，也是極爲重要的貢獻。若非先有這一發明，則任何人造的器具在遠征太空重返大氣層之時，都將因高熱而融化。又如農神五號的第一節，使用五枚F1引擎組合而成，也是根據他的研究成果。

范布勞恩最近曾發表一篇文章：「新時代的先驅」，闡述在火箭發展方面好幾位前輩科學家的貢獻。其中最重要的三位，是俄國的柴考夫斯基、美國的顧達爾德與德國的歐伯茲。他除了稱道這三位學者窮理致知的學識與熱情之外，特別提到他們三人有一個共通之點：他們關於火箭的研究，最早都是由於一本小說的啓發。

法國小說家魏恩（Jules Verne 1828-1905），寫過一本太空旅行的科學小說。這書在世界文壇上並不曾佔據重要的位置，但是他將太空飛行寫得非常生動，令人讀後頗有心曠神怡、胸襟大開之樂。同時，他所描寫的太空探險，雖乏科學根據，但却似有若干的「可信性」，引發了許多青年人嚴肅地思考這個問題。譬如柴考夫斯基晚年的著作中，就承認他之著手從理論上研究製造火箭，征服太空，就是由魏恩那兒得來的靈感。他並且用數學推算，人類將於公元二〇一七年進入太空，他的計算比實際情況還落後了五十三年。

范布勞恩强調，「我們有時候低估了文學藝術對科學的影響，尤以對太空航空爲然。」他指出，魏恩的小說等於是新思想的「觸媒」，刺激了十九世紀末葉以來的火箭研究。這是權威科學家的說法，應非妄言。

我們的科學落後，毋容諱言；卽在文藝方面，與科學有關的作品亦屬絕無，「科學小說」更是「無此一說」。其實。爲倡導科學，培養興趣，介紹新知，啓發想像，科學小說都是一片亟待開墾的處女地。如果創作一時難求，能將外國著名作品翻譯進來，也是很有意義的事，值得大家嘗試。

民國五十八年八月一日

半世紀後的更正

范布勞恩在「新時代的前驅者」一文中所提到的三位科學家，祇有顧達爾德（Robert H. Goddard, 1882-1945）是美國人。他是麻薩諸塞州克拉克大學的物理學教授。他不但是一個卓越的理論家，同時也是一個注重實際的實行家。凡有理論上的創見，他都希望能夠經由自己的手去加以證明。一九一九年，他發表了「達到極高度的一種方法」，由史密松尼安學會出版，成爲早期研究火箭科學的經典之作，在美國與歐洲同受重視。從一九一四年到一九五六年的四十二年之間，單單他在火箭方面的研究成果，就曾申請到二百一十四種專利權，有若干種是在他去世之後才取得的，有些發明到今天仍有實用價値。他最大的貢獻是在火箭工程學方面。他從理論上證明，使用液體燃料推進的火箭是可能造得成的；早在一九二六年他就發射過一枚那樣的火箭，雖然是具體而微，但已足可證明理論的正確性。他還有很多的發明，都是火箭工程研究發展中最基本的。據范布勞恩說，如果沒有顧達爾德的那些發明與研究，農神五號火箭根本就造不成，當然也就談不上登陸月球了。

顧達爾德雖已去世多年，但想不到人類登陸月球成功的新聞報導中，還有一件事直接與他有關。原來，許多年前，顧達爾德就曾發表他的一種想法，認爲火箭可以在眞空裏面飛行。這個想法在當時聽起來是有點兒荒誕不經的。「紐約時報」曾在社論版中刊載一篇專欄，駁斥顧達爾德的假說，並且加以尖刻的譏嘲，說這位火箭專家「似乎缺乏中學校裏日常課堂上所傳授的知識」。

可是，人類登陸月球成功的事實，證實了顧達爾德生前的說法。「時報」最近鄭重其事地刊出了一則「更正」，內容大意是說，「進一步的調查與實驗，證實了牛頓自十七世紀以來的學說，現在這一學說已經明確成立：火箭能夠在眞空的狀態中運作，正如在大氣之中一樣。時報爲過去的錯誤致歉。」

報紙是人辦的，人都會犯錯，報紙的錯誤自亦難免。所以，報紙上的一則更正，即使像「時報」這樣有名的報，也不見得能構成「新聞」。但是，這條「更正」却有其成爲佳話的特殊理由：原來那篇挖苦人的評論，發表於一九二〇年一月十三日，距今已經將近半個世紀——這可能是世界報業史上相隔最久的「更正」了。

善未易察，理未易明，做報的人不宜以有限的常識去衡量專門性的問題，更不應出之以輕侮倨傲的態度，譏彈笑罵，自暴其短。

科學的眞理能够獲得證實，錯誤的一方心悅誠服地自動更正，這當然是很好的做法。不過，還有許多問題，從國際政治到思想、文化，「時報」的評論和報導荒腔走板之處也還不少，是否也應該檢討史實，一一更正呢？在政治史上，半個世紀可就太長了。

民國五十八年八月二日

登月有書了

因爲我常常談書，有的朋友就笑我是「書迷」，說我太「理想化」了。這種話我寧願受之而不辭。就我所看到世界各國的情形，讀書、買書、寫書，以及書籍的製造與銷售，絕對可以代表一個國家的文化水準。對於任何一件值得一提的事情，都應該有值得一提的書去配合它。

人類登陸月球是歷史性的大事，這件事發生在今年七月二十日，去今不過三個月，可是，在許多人的心目中，不過就是曾發生過那麼一件事情而已，至於它的前因後果，大多數人懶得再去多傷腦筋。也許有些人關心這件事，想要多瞭解一點，或者是想要「有頭有尾」瞭解得更完整一點，怎麼辦呢？最好的建議恐怕也只是「去翻舊報」吧。

翻查舊報不失爲一個辦法，但絕對不是一個十分可靠的好辦法，應該怎麼辦呢？應該有人寫書，除去專家學者所寫專門性的書之外，尤其應有專供「大家消化」的書。

「我們到達月球」（We Reach the Moon）便是這樣一本應時當令的書。此書的作者魏爾福（John Noble Wilford），是紐約時報的科學記者，也是美國報導太空知識最卓越的記者之一。過去四年來，他一直在採訪「太陽神計劃」的新聞；他爲了要寫登陸月球這本書，事前搜集材料與研究也費了兩年之久。

這本書由「矮脚鷄書店」（Bantam）出版，在紐約、多倫多、和倫敦同時發行，紙面本三三一頁，內有彩色揷圖六十四頁和圖表多幅，定價美金一元二角五分。

這本書是由「矮脚鷄」與紐約時報合作出版的；內容當然有很多都取材自時報發表過的新聞報導與評論，但魏爾福所做的並不僅是改寫或編輯的工作，而是從頭到尾，有系統、有條理的新作。

魏爾福採訪過太陽神計劃中的每一次發射，一直到太陽神十一號的登月成功。寫一本有關登月的書，原始構想出於他的一個同事；魏爾福覺得這個主意很好，從一九六七年就已開始動筆。他的書是從一九五七年十月五日蘇俄發射第一枚人造衛星寫起的，由於「史潑尼克」的刺激，引起了美國朝野的警覺；一直到阿姆斯壯的脚踏上了月球的表面，重佔了太空競賽的優勢。

美國三位登月太空人回到地球是在七月廿四日；七十一小時之後，魏爾福的書已經出現在全美國和世界各大城市的書店裡。阿姆斯壯跨入歷史那一大步的照片，也出現在這本書的裡封面上。

這樣的一本書有用沒有？當然有用，登陸月球不僅是今年最大的新聞，也是歷史上劃時代的事件。我們都是「當時」的證人。然而，我不知道有幾個人能把這件大事的前因後果，原原本本講得像魏爾福這樣有條理而深入淺出。

如果對於一件影響重大的事，我們當時就能做有系統的紀錄，又何必一定要把難題留給來日的史家呢？

民國五十八年十月二十四日

新聞記者寫的書

新聞記者的筆墨，應時當令的急就章居多。魏爾福在「我們到達月球」的卷首語中說，「這是一本報紙記者寫的書。我不是一個科學家或工程師，也不是一位史家。但是，一個記者的目光如果能看到他的打字機之外，就絕不會無視他自己所寫新聞中的原始材料，同時亦正是來日歷史中的要素。」換言之，當一個新聞記者爲「歷史感」所激動的時候，他就不會以急就章爲滿足。他的心目中所考慮的，不僅是明天早晨花一塊五毛錢買一份報紙的讀者，而更要想到天下後世。有抱負的新聞記者和任何一行裡有抱負的人一樣，他「也」需要向歷史交代！

新聞記者報導當天的大事，無論是多麼石破天驚的事，難免流於餖飣雜俎，瑣細割裂。因爲他寫得太急，站得太近，匆促之間更往往有許多捕風捉影、有意無意的錯誤。可是，一個現役的記者，在自己的「路線」之內，對某些值得「大書特書」的事件，當其已告一段落之時，於片段及時的報導之外，更能筆之於書，成爲一本完整的「紀事本末」，我認爲是極有價值之事。對人對己，皆屬有益。

當然，這一類的書絕不應是用剪刀漿糊，把既有的材料湊到一起就了事，而需要通過作者自己的認知與判斷，結合他在採訪中所得到的知識與經驗，寫成完整而深入的作品。這一類由新聞記者（也不一定全是新聞記者）寫成紀錄事實的書，美國人就稱之爲「當代史」（Contemporary History），我覺得這個說法並無誇大。譬如像賴安的「最長的一日」，有那一位後世的史家對於二次大戰諾曼第登陸那一幕的記載，還能够比他更完整更生動呢？最近剛剛讀完白修德「一九六八年美國總統之造成」，雖然其中有些觀點我不盡同意，但就報導的風格以及他所展示的事實來講，都比去年我讀到的所有電訊和通訊更要豐富、更要深入。至於記載悲劇人物前總統甘迺迪被刺前後的書，無論是曼徹斯特、沙倫森、薛辛吉或者畢雪普所寫，從不同角度落墨，皆各有其深度與見地，遠非當時「急就章」的報導所能及。

中國人是一個富有歷史感的民族，是全人類最早有成文歷史的民族之一。中國人的「祖先崇拜」觀念，本來大有利於歷史的保存與發揚，可惜我們現在却把這件事看得淡薄得很。時代進步了，治史的方法當然也跟着進步。我們不應該把完成歷史的責任完全期之於數十年數百年之後的人。對於每一重大事件，這一代人都應該儘可能地留下及時的紀錄，不僅要忠實地紀錄事實，而且更要紀錄當時的觀感與反應。

我曾建議一位年輕的朋友，可以準備用即將到來的中央公職人員增補選為題，寫一本報導性的書。這工作很艱鉅，即令寫出來以後能否出版也成問題，然而這是一個有歷史價值的題目，退一步說，若他努力嘗試而仍不能完成，至少可以使他採訪的工作具有一個追求全貌的觀念，而不必局限於片段的獨家新聞，不會枉拋心力的。

民國五十八年十月二十五日

工作與時間

工作是要人做的，人需要時間去完成工作。但究竟應該需要多少時間？

美國有位史學家柏金森（C. Northcote Parkinson）於研究歷代官僚制度之餘，曾於一九五五年以開玩笑的心情，制定一個公式，「工作會隨着人要完成那件工作所能支配的時間而擴增。」這個公式就被稱爲「柏金森法則」。他當初定立這個法則，完全是出於諷嘲之意。但最近有幾位美國的心理學家舉行過若干測驗，證實這條法則竟是很有道理的。

德州大學的社會心理學家艾隆森（Elliot Aronson）有次爲了準備一篇演說稿，本來三個小時應可寫好，結果在暑期中斷斷續續費了三個星期。這件事使他想起了柏金森法則。於是他將一羣志願參與試驗的學生分爲兩組。他指定以討論吸烟爲題，命一組學生用五分鐘去準備，命另一組用十五分鐘準備。在這個問題討論過之後，艾隆森又指定這兩組學生準備討論另外一個類似的題目；準備的時間則不加限制。結果呢，五分鐘的那一組仍然在原來的限定時間內準備完成；十五分鐘的那一組，大概心理上覺得準備討論資料應該需要較多的時間，雖然「馬前」了一點，平均仍費了八分鐘，才把作業做好。

艾隆森與他的幾位同事，對於這一現象都覺得很有趣味，便繼續在試驗室中做了一些試驗，所得的結果都證明柏金森當年的「笑話」確非信口開河。據他們在最近一期的「實用心理學學報」上發表的一篇報告指出，一件工作不僅隨著人要完成那件工作所能支配的時間而擴增，而且一旦擴增之後，還要不斷需要更多的時間。

艾隆森希望，他們這一番對於人的工作習慣的探測，將可解答人類為甚麼總是要受到拖延遲滯的苦惱；主要的病因還在於人自己心理上的弱點。他並且表示，在發現了病因之後，他今後再寫演講稿的時候，都嚴格自律絕對不得超過三個小時。

在各種自然科學中，心理學也許是最不科學的。柏金森法則究竟能否完全成立，當然還有待學者繼續去探討研究。可是，我們從最近美國太空人登陸月球一事，可以得到反證。

甘迺迪在一九六一年宣佈，美國要在一九七〇年之前送人前往月球的時候，當時他心中可能祇有一個輪廓。甘迺迪不是科學家，對太空探險並無專門的研究。但是，目標確立之後，舉美國全國的人力物力以赴，登陸月球的夢果然如期實現了。這樣規模龐大，史無前例的工作，能在限期內完成，實給予人類以無限的鼓舞激勵。如果登陸月球都可以如期達成目標，還有甚麼事情不能夠限期完成呢？

人要完成任何工作，都應該自己先確定限期，這是成功的第一步。

民國五十八年七月二十七日

「天生我才必有用」

這幾天，驕陽如火，熱浪逼人，適逢各大專院校聯合招生放榜，正是所謂「幾家歡樂幾家愁」的時候，今年，我對於這種在酷暑之中期待放榜結果的滋味，體驗得比較親切，因爲我也是六萬多名考生的家長之一。

任何人都可以計算得出來，在全體報考的男女青年之中，能够錄取者不過三分之一。而在這三分之一金榜題名的人裡面，又有些未必能進入自己理想的學校或理想的院系。結果，眞正稱心滿意者只是少數中之少數。有人認爲，這種現象是極可憂慮的。

當然，這種現象很值得關切與重視，但不能認爲是極可憂慮的「病態」。考試是一種鑑別，鑑別就必有錄取與不錄取兩種結果；尤其在高等教育階段，到今天，世界上無論怎樣進步的國家，也還沒有能做到將所有想要升學的高中畢業生「照單全收」的。使全國「適齡」的青年都接受高等教育，不僅事實上辦不到，在教育理論上也並沒有那種需要。

可是，這種數字上的必然性，並不足以安慰落榜的考生及其家長。父母都關切自己的兒女，青年都關心自己的前途。我們的社會上今天已經存在著一種強有力的「壓力」，對於被摒於大專之門以外的青年，一例看做是失敗者，是沒有前途的人。有些考生與家長對於考試的結果特別重視，與這種社會的壓力直接有關。我覺得，值得大家慮憂的，不是聯考，而是這種不正常的社會心理與壓力。

對於那些沒有通過聯考的青年——他們是多數，社會應該對他們予以鼓勵、疏導，更要緊的是給他們希望。

人生求學之日短，處世之日長。國家需要各種各樣的人才，造就這些人才並不全靠學校。一個人能考入某一學校，讀了某一學系，並不能保證他未來的發展與成功，古今中外的聖賢豪傑，立言立功立德，各有所本，並不是因爲他們有一張大學文憑。

而且，一個人的學歷與他日後的成就，亦並非絕對相關的。我們的　國父是學醫的，我們的總統是學軍事的。他們救國救世的功業，曠古絕今，早已超出當年所學的範疇。對於青年的一代，這豈非最有力的啓示？

青年人最大的本錢是時間，最強的力量是希望。善用時間，保持希望。教育的作用不過是敦品力學，將人鑄造成器。成器之道，並不一定限於走入大學之門。

任何考試都是一種競賽；參加競賽都要抱着「成固欣然，敗亦可喜」的態度。一次考試失敗，並不等於整個人生的失敗，用不着「今天不回家」。

李白說得好，「天生我才必有用」。一個人只要盡力而爲，自己成器，就必能對國家對社會有所獻替。一個人有用無用，比他是否讀過大學重要得多了。

民國五十八年八月八日

願聞其詳

幾個月前，見到回國講學的夏之驊博士，夏先生是一位科學家，這次回國一部份的任務是就水土保持問題向國內提供建議。他所研究的問題我全無瞭解，但他有一句話使我留下了很深刻的印象。他說，「我們對於許多切身有關的問題，似乎太忽視，不肯去做深入的分析和研究。」幾個月來，我從許多方面去印證他的話，我覺得他的批評甚爲確當。

舉個例子來說，每年大專聯考這件事，直接影響到六七萬青年以及他們的家長與親友，這不僅是教育上的大事，也是關繫國家隆替與社會治亂的大事。可是，對於如此重大的問題，要想找一點現成的分析與研究，却是十分困難。作爲一個關心子弟前途的家長，我對於這種情況感到失望。雖然小兒很徼倖地考取了他「第一志願」的淸華；但我却覺得我自己並沒有及格：對於大專聯考這個制度，我到現在還是「不通」。

西方人爲「天才」一詞下若干定義，其中之一是：「當遭遇了問題時，知道在甚麼書裏面去找答案。」我承認我不是天才，尤其是關於大專聯考，有許多問題我仍不知道從甚麼地方可以找到答案。我想，一定有千千萬萬關心這個問題的人都與我有同樣的困惑之感。

主辦大專聯招的是聯招會，但這個組織是臨時性的，每年換一批人，他們的責任與權力都以辦理當年度的聯招爲限。所以，將聯招歷來的資料，整理、統計、分析、調查、乃至發表，都不是聯招會所能勝任的。但是，這樣重要的問題，總得有人給我們一個完整的精確的答案。教育部可以提供基本的資料，全國高等教育機構（像設有教育研究所的幾家大學），教育學術團體（像全國教育學會），乃至於個人的研究，都可以把它當作研究分析的對象。環繞著大專聯招，至少可以寫得出十篇博士論文。在外國，像這樣的工作，不但會受到教育界的重視鼓勵，而且一定可以得到各種基金會財力上的支援。這本（當然也許不止一本）研究報告書如果寫得好，很可能在學術價值之外同時成爲暢銷書的。

每屆聯考之後，報章雜誌都會出現許多議論，對聯考有所批評或建議。這些意見都是很寶貴的，但難免祇是針對著一時的現象。如果要使大家瞭解全局，洞悉根本，在聯考舉辦了這麼多年以來，應該有一本或者一套專門討論聯考的書，其中應該包括原始法令依據、歷年的統計、圖表、歷屆的比較，與根據教育學理與社會實況而來的解釋、分析與檢討。輿論的反應自然也應包括在內。

對於考生們來說，發榜之後就是乾坤定矣，但社會上一定還有許多像我一樣「不及格」的老考生們，對於聯考制度本身願聞其詳。

民國五十八年八月十五日

談「女流」

在中國文字裡，「女流之輩」不是代表敬意的說法；但在某些東方國家，像日本和韓國，「女流」的含意與我們不同；譬如他們稱「女流作家」，那是一種恭維。

近來，由於大專聯考「陰盛陽衰」，四組榜首有三位都是「女流」，因而引起了社會上的注意和討論。女生太多，據說在日本已有同樣情形，他們甚至於有「女生多，可亡國」的悲觀論調。

不過，在考言考，我倒同意立委趙文藝女士的意見，「這不是性別的競賽，而是成績的競賽。」如果考不贏了就叫，似乎不是大丈夫應有的氣概。

問題在於女生學成之後，對於社會的貢獻究竟如何。這是要根據長期的、全面的調查統計來說話，不宜感情用事，也不可單憑短期的現象來規劃長期的決策，所以，我呼籲教育家們，對有關大專聯考問題應該作一番系統而深入的研究。就以男生女生來說吧，無妨把歷年來的考生畢業之後的服務或深造成績，進行「追蹤」調查和比較分析。這才可以看出來所謂女生太多究竟對於國家社會是否眞的不利。

我過去曾根據新聞工作的需要，提出過新聞系女生太多是一可慮的現象。然而，這與其怪女生太多不好，不如責備當前「重理工輕文法」的社會風氣。成績好的男中，畢業生十分之九都去考甲組，遂使乙組盡成女孩兒們的天下。如果限定好的女生這個不能讀，那個不許讀，這在我們做老師的人心中會覺得顯失公平。要圓滿解決這個問題，政府可以修改辦法，考試的方式可以改革，也許更要緊的是師長和家長們對下一代的女性先要打通思想，學一種妳將來絕對無法實際去「做」的行業，對個人、對國家，都是很大的浪費。

不過，從另一個角度講，也許我們太習慣於男性中心社會了；因此，女性的工作潛力並沒有充分發揮，也就沒有被充分認識。由於今日大專學生成份的變化，將來說不定會反映到我們社會工作人力的結構。就以新聞出版這一行，大夜班和上前線採訪對於女孩子固然不適宜，可是，像世界上銷路最大的雜誌「讀者文摘」，工作人員有百分之九十都是女性，女性豈可輕視。

我過去曾旁聽若干次與文化教育有關的座談會，發現女性的教育工作者，無論是辦學或辦事，皆有其了不起之處。譬如高梓、熊芷、王亞權、葉楚生、葉霞翟、江學珠、石季玉等幾位女士，思想細密而有條理，談吐淸楚而有內容，只要她們之中任何一兩位發言，往往會使在座的「男生」相形見拙。有次電視上討論國語文問題，事理是非姑置不論，單以表達透澈而言，大家都覺得無人勝得過張希文女士。

以色列處於四戰之地，當國的總理是七十歲的梅爾夫人。可見女性也自有人可以擔任艱鉅的。「女牛太多」固然不妥，但以此爲理由對女生的升學施以片面的、強迫性的限制，恐怕不是很理直氣壯的事。

民國五十八年八月十六日

軍中的來書

「文武合一」是當前教育的目標之一。爲了實現這個目標，進行的方式分爲許多層次。今年夏天，我接到幾封信，反映著青年們在接受不同層次文武合一教育的觀感。

一個是今年大學畢業的學生，他已經以優良的成績考進了研究所。但他願意先接受軍訓，然後再回來繼續讀書。他說，和他在一起的，有的是已經在修碩士學位的人，也有已經修完碩士或將要出國深造的人。他們的水準比較高，每天在一起，工作之餘，談世事，論學問，「頗多及義之處」。我的學生自認受益不少。軍中的工作與他們原來所學都很接近，邊作邊學，以實務印證知識，所以特別有興趣。

第二個是一位在學的青年，接受短期的講習，他本來是很勤奮的人，白天讀書，夜間還要做一點小事情，「剛來時，總是覺得想睡覺，有一次聽講，教官准許席地而坐，想不到一坐下來就止不住要打瞌睡。現在已經完全習慣了。」他對於聽講的內容，覺得十分興奮。「這都是在學校裏聽不到，書本上讀不到的。這一段講習大大開拓了我的知識與胸襟。」

第三個是今年高中畢業的十八歲的小青年，他和大多數參加大專暑期集訓的學生們一樣，過去絕少離開過自己的家。他說，「軍中生活的緊張，從前眞難以想像，連穿鞋的時候，也有班長在旁邊讀秒。」又說，「疊被是最辛苦的事，捏了又捏，還是軟塌塌的，晚上眞捨不得睡下去。現在唯一能讓我們想起外面的世界的，就是擺在中山室的電視機，當然，學生是沒有時間去看的，不過，每次聽到那些熟悉的聲音，報新聞、廣告，就想念起家裏很多事情。」

軍中的生活，是緊張、奮發、嚴肅而規律化的。軍事的要求，是嚴格的。在廿年來安定局面中成長的這一代青年，爲了擔當未來的大任，接受這一番嚴格的訓練，經歷這一番心志體能上的磨礪與充實，是頗有必要的。利用暑假期間而進行的軍事訓練，不僅可以掃除他們原有的一些「老百姓習氣」，而且可以使他們體會到文武合一的眞義。

一個現代化的國家，單靠軍隊是不够的；但是，如果沒有軍隊，即使最落後的國家也將無法立足於世。所謂「舉國皆兵」，並不一定就是說每一個人都要抗槍桿，穿軍裝，而是要全國國民都能具備戰鬬的精神和技能，無論平時戰時，皆能凝結爲一個强固的戰鬬體，皆能以緊張、奮發、嚴肅的態度立身處世，則這個國家無論處於何等危疑震撼之境，也必然是前途光明的。

學生受軍訓，幾十年前就有。但是，從前的軍訓遠不及今日之澈底而制度化。這一代青年能有機會體驗到眞正的軍中生活，學習軍事知識與技能，令我們這些「老一輩」的在鄉軍人羨慕不置。希望你們好好把握這個機會，充實自己，磨鍊自己。

民國五十八年八月二十三日

「家教」的願望

最近，有幾位在臺大師大就讀的同學寫信來，談到從事「家教」的苦處；我覺得很值得社會各方面重視。

我讀大學是在抗戰期間，衣食住全是國家供給的，苦則大家一樣的苦。現在大學生沒有那麼苦，但他們都想盡力以求自立，減少父兄的負擔，所以「家教」成了大學生之間十分流行的名詞。當家教的好處，主要是容易與上課和自修的時間適當配合，而且用自己的學識，幫助需要補習的中小學生，說來也比較清高。所入雖甚微薄，但用以支付學雜費用，買買書籍文具，却也不無小補。

但是，謀「家教」之人自薦無由，「供」與「需」遇合爲難。於是而有若干「家教中心」應運而生。

據這些同學說，有些家教中心雖然刊登廣告，有謂「各大學各系推薦負責」云云，實際上他們與各校並無任何聯繫。「中心」的任務是「接線」。一個願意幹家教的大學生，可以在「中心」推薦之下，得到一個需用家教的「地址」。家教的月薪多少，是由家長先向「中心」開好了價錢的。「中心」在對應徵者提供地址之前，先要收第一個月薪的百分之卅，名爲「廣告成本費」。想做家教的人大抵手頭並不寬裕，爲了這筆預付款，便得加倍地節衣縮食，甚至於告貸於人。萬一洽談不成，這位應徵的「家教」便只好再回「中心」取回預付款。據說，在這種場合，這個「求業未成」的青年往往有被「破口大罵」，忍受「常是些令人想不到的惡毒字眼」者。

關於這種情形，我認爲完全怪罪收取「廣告成本費」的家教中心，也許並不公平。因爲，這些「中心」事實上不過是將本求利的「知識薦頭行」，講不清道理的。

正本淸源的辦法是，目前我們已有很健全的青年服務機構，這些機構應該好好地辦幾個大型的眞正爲青年學生們服務的「家教中心」，以積極服務的態度，來提供線索，幫助青年們邊學邊教，完成學業。

其實，在外國的大學裡，學校本身就可以提供很多半工半讀的機會。以美國言，大學本身正式的行政人員爲數極少，像每年新生註冊時，三兩萬的學生，註冊組不過七八個人，招呼新生辦手續、塡表、選課，全是二年級以上的學生。課業成績好的平時可以改作業、協助作實驗；學業不够好的，可以打掃校園，管理食堂，端盤洗碗，甚至於做游泳池裡的救生員，都是按小時拿報酬，在校方是節省人事費用，在學生是自食其力。聽說私立東海大學就給學生們很多工讀的機會，行之已有成效。東海如果做得通，則其他學校應該也可以研究考慮的。

十年樹木，百年樹人；今日的大學生猶如一片森林，誰也無法斷言究竟那一棵樹將來會成爲棟樑之材。社會對他們需要發揮愛心，必加照顧。

民國五十八年九月十九日

助教與職員

有位青年朋友告訴我，「大學法」將有若干的修訂，其中有一條據說是要將「助教」的名義廢除，改爲「職員」。他對這件事很是關心；因爲他自己正是一位助教。

究竟「大學法」的修訂工作目前已進行到甚麼程度，我不太清楚。但是，要將助教改爲職員的說法，以前也曾聽到提起過。在大學中，教職雖屬兩途，但其基本的任務則一。我們不能說將助教改爲職員便是一種「貶抑」。但是，對於現在擔任助教的青年們，心理上不能說全無影響。

由助教而職員，這一改訂的原因，是由於有某些高等學府中，助教其名而職員其實的人很多。雖然在待遇上相差有限，可是，這些人經常從事的是事務性的工作，與教學脫節，儘管他們本來也具有大學畢業的資格，但是到了年資可以升等的時候，就成了問題。大學不能容許與教學脫節的助教們升為講師，這或者是要廢除助教名義而一律改為職員的有力理由。在提高師資水準的要求下，這個理由是很正大的。

在外國的大學裡，教員可大別為教授、副教授、助教授、講師和助教等幾級：其中，「助教授」這個名義是我們原來沒有的，據說將來要增加。但中外皆有的「助教」，在我們這兒逐漸變了質，乃有廢除之議。

在此應該特別說明助教工作的性質。外國大學裏的助教，通常多由攻讀高級學位的研究生兼任。他們的工作，一部份是協助教授處理與課業有關的作業，譬如批改作業，協助指導實驗，搜集教學圖書資料等。更重要的一部份則是他們自己的研究，他們所「跟」的教授，往往也就是與其博士論文最有關係或最接近的老師。說這一段助教生涯乃是盡得名師眞傳最緊要的關鍵，也不為過。吳炳鐘先生在「認識友邦」的電視節目中，提到美國加州理工學院（CIT）；該校的太空航空學研究在全世界可稱首屈一指；在得到博士學位的好學生中，如果不怕受窮吃苦，肯再幹上一兩年的助教，然後進入企業界，便能够「身價十倍」，為各方爭相羅致。這話確乎是事實，而且也不止加州理工學院如此。「助教」是百鍊精鋼的一道「淬火」的功夫。是「大成」的初階。

從這一角度去看，將助教名義宗全廢除，似乎不是很合理的措施。就以目前我們這兒的大事院校而言，能够留校擔任助教工作的，一般都是成績比較好的畢業生；例如以目前商學系學生而言，他們進入金融界或工商界，收入往往是助教薪水的兩三倍。而居然還有人（當然人數也並不多），不計待遇之厚薄，甘於留在學校中沾一點「書香」氣息，希望在學術方面繼續鑽研，其志可嘉。教授們現在已經有「好助教難得」的感慨，若是助教全部改成職員，則現有的助教爲自己的志趣與前途打算，轉業者必多；而將來要畢業生留校，恐怕也更爲困難了。

當然，各大學以助教的名義來任用職員，或者叫當助教的人完全從事與教學無關的打雜工作，確實有加以糾正的必要，但一律改爲職員，似乎有點兒「矯枉過正」吧。

民國五十八年六月八日

活的榜樣

有一位司法界的朋友告訴我一個故事——其實，不應該說是故事，而是他親身的經歷。有一次，他審理一件少年犯罪的案子，在堂上，除了審案之外，他對那個犯了法的未成年人講了一番立身處世的大道理，勉勵那個十來歲的孩子珍重自己的前途，力改前非，從新做人。

想不到那個頑強的孩子也有一番說詞。他說，「你們大人們總是拿這些話來教訓我們。你們講的大道理聽起來好像都是對的。可是，你們所提出來的榜樣，甚麼孔子孟子，都是死了幾千年的人。我不知道世界上是否眞有過孔子孟子，我不知道孔子孟子是否眞的像你們說的那樣偉大。反正我所看到的大人都沒有那麼好。大人們教訓孩子的話，你們自己就沒有做到。叫我怎麼能相信你們？」那個觸犯法網的孩子，並且當堂舉出若干他認爲「不是東西」的成年人的作爲，以證明教訓別人的人，本身常常有「口是心非」的毛病；其中包括他讀過的一家學校，「校長和老師們，開會要到酒家裏去開。」

我的朋友對此深爲感慨。當然，這個小孩子的話並不見得對，他對某些成年人的指責，卽令全是眞實的，亦並不足以成爲他自已非犯罪不可的藉口。可是，做爲成年一代的人，對此却不能無所反省。

爲人父母師長者，對青少年愛之愈切，期之愈殷。中華民族有悠久的歷史，聖賢豪傑不知出了多少。大人們從聖賢語錄中隨便挑出幾句話來，都够青少年人「心嚮往之」好大半天的。不過，這種嚮往之情，能否進一步轉爲實踐，那要看大人們是否誠誠懇懇地相信那些道理，是否具有身體力行的決心。如果大人們之所言與所行不一致，甚至於恰恰相反，那就會在青少年心目中引起極爲强烈的反感——他們會認爲成人社會只是挾古聖先賢自重，大人們「責人甚嚴，律己甚寬」，說穿了便是兩重標準的「僞善」，僞善當然是無法引起人尊重，也無法使人心悅誠服的。

朋友所談的那個少年，是少數中的少數，當然不足以做爲一個健康的標準。但由此一例，更使我們憬悟到成年人的責任，我們的一舉一動，對於下一代都有强烈的暗示性。我們希望他們將來成爲怎樣的人，首先需要我們自已朝着那個標準踐履篤實地做去。孔子孟子的偉大他們看不見，我們的一言一行却都看在他們的眼裡，印在他們的心上。我們是他們的活的榜樣。

當我們決心要創造一個「更好的明天」的時候，一切工作必須從今天就做起，孩子們以及青少年們將來是否能鑄造成器，是我們每一個成年人的責任。

民國五十八年十一月二十三日

少年犯的姓名

少年犯罪案件逐漸增加，似乎是一種世界性的趨勢。推原其故，社會變革疾遽，往昔所以維繫秩序的力量，如倫理道德觀念，如家庭，如宗教，都已漸次解紐。少年心性未定，易受外來的刺激與感染，因而誤蹈法網，往往肇成大禍而不自知。

在現代化國家，對於少年犯罪大都採取比較寬大溫和的處分，以期教養感化，使能重獲新生。同時，各種大衆傳播工具如報紙、雜誌、廣播、電視，在涉及少年犯罪的場合，也都儘量對於犯罪者予以保護，譬如說，在報導中不發表其姓名、住址，以及一切足以暴露其身分的資料。當然更不能發表其照片。這是出於「與人爲善」，期其悛改的動機。有些國家對此且以法律規定。

但是，少年犯不予發表姓名的規定，只是一個原則，並無絕對的拘束力。新聞界仍有審度情勢來決定的權力。

今年四月七日凌晨，東京警方逮捕到一名重要的少年犯，此人名喚永山則夫，十九歲，是某茶室裏的茶房。他曾由美軍橫須賀基地中偷出手槍一支，自去年十月以來，在日本各地持械行刼，殺人累累，半年間犯案五次，震動全日。最後，終於在東京明治神宮參道被捕。東京警視廳編號爲「第一〇八事件」的本案，成爲新聞界爭相報導的最熱門新聞。「朝日新聞」夕刊當天將它以第一版頭題新聞發表，並配以永山則大被捕後的三欄高照片，兩幅地圖，一幅手槍與子彈的照片，還有他歷次犯罪時間、地點、被害人等資料的統計表；日本報紙每版分十五欄，第一版除去三欄廣告之外，這條新聞所佔的篇幅在十欄以上；另加內頁幾乎佔了三個全版。

同時，該社在第一版上刊出了一則兩欄高的啓事，說明公佈少年犯的姓名，乃是爲防止類似事件的重演。日本的「少年法」明文規定，報紙對於少年犯的姓名不得發表；可是，日本新聞協會却有「例外規定」。即當維護社會公益重於保護少年犯權益的場合，報紙仍可將少年犯的姓名和照片予以發表。「朝日新聞」的編輯政策有同樣的決定，過去如社會黨委員長淺沼稻次郎被刺案，兇嫌是一個少年犯，該報也曾將其姓名等一體公佈，未稍寬假。

我國新聞界對於這一類事件，雖然沒有明確的規定，但在實際編輯作業中，大體有相同的瞭解。譬如基隆中學的弑師案，雖然兇嫌是一少年犯，但所有報紙都在事發後第二天就報導了他的姓名，刊載了他的照片。由此可見，少年犯的權益固然應予適當保護，但仍不能超乎維護社會公益、善良風俗之上。少年犯如果犯了殺人、縱火、搶刼、强姦等重大罪刑，非僅國法難容，社會輿論也不能再曲予迴護。

保護少年犯，是有限度的，不是無條件的。對於無知而犯法的少年犯，當然應留給他自新之路，但却不是寬縱惡人，凌虐好人，社會不應該待惡人比待好人更寬大。

民國五十八年七月十三日

目標何在？

前些日子，與兩位在臺北旅居的美國朋友談天，話題不由得便談到美國近來的「反戰示威運動」。我說，雖然這個運動純然是美國人的「家務事」，但以美國今日的地位而言，自由世界有許多關切美國動向的人，都對這件事情寄予極大的注意。我願聽聽他們的意見。

A先生到東方來時間較久，已經有好幾年沒有回美國，他說他當然也很關心反戰運動的發展；每次遇到剛從美國來的人，特別是由東方回到美國再出來的人，他都向他們請教這個問題。據他多次探詢所得的印象是：在美國以外的人把這件事看得太嚴重了一點。他說，「也許我們都被新聞報導弄迷糊了。」他用Misled這個字，來說明我們對事實的瞭解不够。他說，美國事實上仍是一個繁榮强大的國家，絕大多數人仍是過着奉公守法的生活。我猜想，這「絕大多數人」大概也就是尼克森總統所謂「被遺忘了的美國人」。他們辛勤工作、納稅、服役，盡其國民的責任。他們對於政府的政策有其表示異議的權力，但，他們即使在表示異議的時候，是希望國家能夠變得更好，不是存心要把美國搞垮。

B先生有一個兒子，在美國東海岸某一家著名的學府讀書。他說，「我的兒子是一個正常的青年，他沒有披肩的長髮，沒有渾身的臭氣，他絕不是嘻皮。據我兒子來信說，像他這樣的年輕人，仍然是學生中的大多數。他們對於越戰的前途當然很關心，但他們絕不是人人都隨聲附和，打着越共的旗幟要求無條件撤兵的。」由此可見，今之美國青年絕非個個中風狂走，全無國家民族意識的。

不過，仗要他們去打，血要他們去流，美國靑年內心中當然是極苦悶的。B先生說，「我的孩子問我，人生的目標究竟何在？他覺得很茫然。我安慰他說，人生的趣味之一，便是你並不太清楚你明天會遭遇甚麼事情。」做父親的甚至於坦然相告，老一輩的人其實也並不太有把握人生的目標究竟是甚麼。個人可以有夢想，但無人敢說那夢想一定能够實現。

在美國社會裡，個人是目的，國家是維護個人存在與發展的手段。這是與我們東方人極不同的地方。個人有夢想而無目標，美則美矣，但容易引起一種長期的惶惑不安的感覺；國家如果缺乏明確的目標，那是後患無窮的事。個人與國家之茫然，往往互爲因果，交相激盪。竊以爲美國之所以被人稱爲「帶病的巨人」者在此。國者人之積，人者心之器，人心不能專注於一個值得獻身的長遠目標之上，的確是極苦惱的。B先生認爲，目前聚嘯街頭的青年們，再過幾年心性成熟之後，便會「知今是而昨非」，幡然悔悟，重新做人了。

對於民主制度懷有信心的人，相信美國能够「挺」得過這一場熱病。但我覺得對症的藥石，不在何時撤兵，何時停戰，而在領導者能够提示出一個更明確更健全的國家目標來。

民國五十八年十一月二十二日

獎勵出版事業

中華文化復興運動推行委員會，七月廿八日的常務委員會議中，曾討論王雲五先生的臨時動議，將出版事業納入政府「獎勵投資條例」中，以促進我國出版事業的發展。據新聞報導，這一案的結論是：「決定交由內政部與教育部研辦。」其事關涉到中央政府的兩個部——也許將來還不止兩個部，譬如獎勵投資跟財經部門也都有關的，研辦起來，何時能有下文，目前不宜樂觀過早；但無論如何，文化復興會諸公能夠看到了獎勵出版事業的重要性與迫切性，並且已經提出了原則性的具體辦法，就是很可喜的事。而且，由於常委會諸先生的聲望、地位、和影響力，他們的建議必然會受到朝野各方的重視，議而決，決而行，不至於空談一場。

文化一詞，其大無外，可以涵蓋人類一切內在外在的活動。如就狹義的範圍，以敎化爲主，則出版事業便是其中極重要的一環。當今進步的國家，對於出版事業無不重視，甚至於用出版品的質與量，視爲顯示其國家文化進步程度的重要指標之一。一個國家一年能出版多少種書籍期刊報紙，其國民每年閱讀的讀物有多少，都可以有具體統計數字提出來的。這一類統計的重要性，與一個國家有多少學校，每年有多少畢業生，是同樣受重視的。

任何一個人，在學校讀書的期限是有一定的；但他從閱讀之中勵志求知，却是終身的事業。從這一觀點而言，出版與教育更應是相輔相成的。所以，社會上對於出版事業應該給予積極的扶植與獎勵，不宜以單純的商業視之。

談到對出版事業的獎勵，目前可行者大約不外乎三個方向：

第一是對於優良的出版物，特別是對中華文化復興運動有具體貢獻的出版物，給予獎勵。藉以導引著作人與出版家的工作趨向。不過，由於目前政府與民間已經設置了許多種獎金，獎助優秀的學者、作家與作品，這一類工作似乎並不是最切要的。

第二是對於正當的出版機構，普遍給予扶植。最主要的是要爲他們解決困難，所謂除弊以興利。只要使大環境有利於出版事業的發展，他們就一定能做出更好的成績來。諸如紙張供應問題、裝訂問題、對海外發行問題等等，都關係出版事業的前途。如果能由政府的主動協調，則不僅出版事業可以受到實惠，中華文化復興運動的推展亦必大爲有利。

第三是對於社會提供有關出版界的資料與知識。譬如說，我們現在要查歐美各國的新書或暢銷書之類的消息，輕而易舉；關於我們自己出版業的情況反而是一片茫然。許許多多與國內外出版有關的事，公家亟需知道；如果由一個超然的機構來經常提供，就可以表示出重視出版事業的態度，無形中也就幫助了他們的發展。我想，這是與納入投資獎勵條例的建議，精神是很一致的。

民國五十八年八月三日

精印古典名著

好書應該精印，這是大家都同意的原則。但事實尚未做到。即以我們的古典文學名著而言，不知出過了多少種版本，但稱得上精者少之又少。尤其從抗戰以來至今的卅多年間，國家多難，民生不安，讀文學作品幾乎成為一種「奢侈」。出版家不是不知道讀者需要這些書，但總是為了減低成本的打算居多，不但談不到刻意求精，而且往往給人一種「因陋就簡」的印象。在世界文壇上，曹雪芹的眞價値絕不低於莎士比亞、狄更斯或托爾斯泰；然而，我們至今還沒有眞皮燙金或者仿古裝幀的「紅樓夢」。眞是委曲了先賢。

日本人不僅將他們自己的作品精編精印，也出了很多外國作家的傑作。譬如「平凡社」出版的「中國古典文學大系」，共有六十卷之多。施耐庵的「水滸傳」，出於駒田信二的譯筆，據說是百廿回本水滸第一次全譯爲日文。

這套大系，每一卷各約四五百頁不等，採西式線裝，布面，外有函套，正文紙張印刷皆甚精美，而且文內有名家的挿圖。

這樣的書，價錢方面就不能太便宜。通常每一卷定價日幣一千到一千五百元。折合新臺幣約在一百十元到一百六十元之譜。譬如「水滸」共三卷，定價四千日元。立間祥介譯的「三國志演義」，共兩卷，二千九百日元。猛田孝譯的「儒林外史」，一千四百日元。小野忍、千田九一合譯的「金瓶梅」，已出上中兩卷，共二千五百日元。照此看來，價錢是比我們的書貴得多了，但是，印出來的「貨色」當然也就大爲不同。

對於一般書籍，我贊成價廉物美的原則；也就是說，先要價廉，讓大家都買得起，然後再談如何的美。至於參考工具如字典，如地圖，又如供美術欣賞的畫集、影集等等，則應當求其精美。用途有別，「做法」應該不同。

古典文學名著則不妨兼有兩極化的版本：一種是極便宜的普及本，能够比市面上目前流行的版式稍微改進一點就好，譬如行間排稀一點，紙張和印刷的水準再提高一點。另一種則應該是極考究的精裝本，雖然我們這兒還不時興皮面燙金；但充皮軟面，比較高雅一點的裝幀是可以做的。本文要選好的本子爲根據，字號大一點，版式美化一點，用高級紙張精印，最好更能請到名家來繪製若干挿圖，使得讀者一卷在手之時，除了「讀」之外，還能够有當做藝術品（當然也祇能說是平價的藝術品）來「欣賞」，才更有意義。

像我輩「陽春麵式」的讀書人，二十五史和大英百科全書之類的大部頭書買起來「多有不便」，買了來也無處供奉。但如果能有精印的紅樓、三國、水滸，每部售價在三兩百元左右，陳之座右，不時展玩，也要算是人生小小的一樂。這樣的要求應該不算過分吧。

連紅樓夢之類的書也是日本人比我們印得好，賣得多，眞是讓人不服這口氣！

民國五十八年六月二十日

圖書出版業的組織

我雖常常談書，但是，我對於圖書出版業經營的實際狀況所知甚少。有一天逛書店的時候，見到一位此業中的朋友，我順便向他請教了幾個問題，從他的答覆中又發現了一些新的問題。

圖書業猶如其他工商業，出版與銷售是兩個不同的領域。我問他，「臺灣現在有多少書店？」這是比較籠統的說法；往下細分，還可以分有多少出版圖書的機構，有多少銷售的機構；然後再按其從業的重點、資本額、營業狀況等，可以分成若干組。

我的朋友在上海就從事這一行，來臺灣後一直都以經營圖書爲業，他說，與他直接有來往的書店，「在兩百家以上。」實際當然還多得多。

書店衆多，這是文化發達、教育普及的結果；以圖書出版的「量」而言，從前上海的出版界，一年的新書約一千五百種；現在，單以臺北一地而言，一年間的新書種類不止此數。而書店的「家數」也已超過上海，「大家的生意也都還過得去。」這是很好的現象。

但是，分析出版品的內容，則不免有今不如昔之感。朋友說，今日最爲暢銷的書，除教科書之外，便是與升學或考試有關的參考書。這些參考書幾乎要佔到他那店中營業額的十分之七八。這可以說是「升學主義的文化」。此外，還有若干好書，譬如翻版大部頭的老書，主要市場在海外，光靠國內讀者是支持不住的。這種情況，令人一則以喜，一則以憂。

「圖書業正當如此好景，是否有一個很健全的同業組織，來共謀發展呢？」

朋友說，組織是有的。目前有一個「教育用品圖書業」的公會；但這個公會的成員，似乎以文具業者爲多。圖書業者並沒有使這個公會積極發生作用。業中人很希望幾家規模大、基礎厚而招牌老的書店如商務、中華、正中、開明，能夠出來倡導倡導，這些年來並沒有甚麼具體的結果。反而在教科書方面，因爲銷路廣大，利潤穩當，倒有一個同業組織。

站在一個讀者的立場，我誠懇希望圖書出版界自身能夠有一個健全的強有力的組織。這個組織不僅能夠維護每一個會員單位的權益，而且更能促進整個圖書出版事業的進步。譬如有許多調查統計的工作，如果認眞做去，對於同業都有好處，再如經營的方法，市場的分析，優良圖書的獎勵，乃至於國內外各種新書的消息，同業公會是應該負責、能夠負責的。外國早有這種作法，而且行之有效。我們的圖書出版界過去可能因爲出版品數量少，市場小，利潤薄，大家只好小本經營，閉門造車。現在，旣然已經進步到了眼前這一步，要想再提高圖書出版業對社會服務的質與量，要想使大家能出更好的書，賺更多的錢，並增強在國內外的交易地位，圖書出版業應該有更現代化的作法。建立一個健全的同業組織，乃是必不可少的第一步驟。

民國五十八年九月二十日

以「觀光」爲例

臺灣現有雜誌數百種，不得謂少。但是，雜而不專者居多。有位朋友說，若干雜誌性質雷同，風格相近，甚至連執筆的作者也都是相同的人。「只要換換封面，就可以成爲另一種新雜誌。」我也略有同感。這也正是目前辦雜誌的難處。

雜誌的特色之一，本來就是要家美紛陳。但如果大家都走差不多的路向，發表差不多的作品，便難有特色與個性可言。如何使雜誌在同中求異，是一個值得思量的問題。

目前雜誌以月刊居多。我覺得，有許多種雜誌（當然不是所有的雜誌），如果能以出叢書的精神，有一套長遠的、統攝全局的計劃，逐期去做，不僅很容易表現特色，而且很可以累積而成比較有永久性的出版品。

雜誌自身的弱點，一在生命期限太短；日曆撕到九月份，八月份的雜誌就算過時，沒有多少人要看了。一在越想適應大多數讀者，結果反而連基本讀者也失去了。所以，辦雜誌要先設法使它的生命能夠超越期限，同時更要能有特別的材料，吸引到固定讀者，然後再擴展到一般讀者羣。

臺北有一本「觀光」雜誌，篇幅不多，印刷頗爲精美。不過，過去的內容稍顯散漫。最近看到的一期以宜蘭爲專題，介紹宜蘭縣境內的名勝古蹟。我不知道這是偶而一試，抑或是新計劃的開端。我認爲，如果使其系統化地做下去，更容易發揮「觀光」的特色，也更適合社會上的實際需要。

臺灣旅行事業相當發達，但要想找一點旅行的資料則並不方便。儘管常常聽到讀到許多有關風景名勝的遊記，却往往少有「實用」的價値；卽使供「臥遊」消遣，亦嫌不足。譬如說，名勝古蹟的歷史背景，圖片和地圖，地理環境，交通工具的費用與時間，旅館餐館的設施，當地的民情與特產，這都是最基本的資料。再如當地人文地理上乃至民俗學上有關的材料，也是旅客會感到興趣的。「觀光」雜誌如果從這個方向做去，將來很可以累編成一部很好的臺灣觀光叢書。

外國人對這一套十分注意；去年去歐洲，幾乎每一個城市都有很好的觀光手册。像羅馬那樣的古都，不同的手册有幾十種。單單一個鮑傑士博物館，介紹手册就有一兩百頁。我們一時出不了那麼詳盡那麼多，但先從「觀光」雜誌做起，總是可行之道。

也許有人會懷疑，臺灣二十幾個縣市，一期介紹一個，兩年不就介紹完了？我的看法是，先從概略的做起，以後可以再爲深入介紹。電視上劉震慰兄「錦繡河山」的節目，起初一次介紹大陸上一個省份；現在，光是北平的故宮可以講上幾個月，觀者未嘗以爲瑣細。題材是不虞匱乏的。

不僅「觀光」如此，其他的雜誌也可以各就自身宗旨與條件去發掘成套的特殊題材。彖美紛陳之中又有獨樹一幟的特色，讀者就不至再有「大同小異」的批評了。

民國五十八年九月二十一日

展覽與研究

博物館的任務不僅是收集、保存、與陳列，而且可以也應該成爲一個富有「動力」的研究機構。在歐美各國，博物館與圖書館一樣，都强調服務的觀念。要儘量吸引大家來上門；同時要把各目研究的成果奉獻給社會，成爲推動社會鼎故革新、解決問題的一大力量。

杜蘭女士（Marie A. Dolan）在「美亞文化紀事」中帶來的新消息，使人進一步認識了紐約自然史博物館的工作。

這個館佔地二十三英畝，共有十三座大厦，五十八個展覽大廳，收藏有一千萬昆蟲標本，二萬種魚類，十萬個脊椎動物化石，二十萬哺乳動物標本，二十萬兩棲動物標本，一百萬種白蟻；附設的圖書館還有二十萬卷書籍。今年的預算是四百四十萬美元。

全館下設十三個部門，目前聘有一百多位科學家，分頭進行着三百個研究計劃。這些計劃並不僅限於自然史上的問題，更進而擴及當前的社會生活，社區建設等切身的課題。譬如美國近年來人口分佈普遍呈現向城市集中的趨勢；他們就在研究都市過度緊張的生活以及過度擁擠的住居情況，對人們的心理有甚麼影響。由於精神病患者增多，他們就研究對於這些患者，社會應該如何照顧。都市人口流動大，變故多，婚姻關係不容易和諧，他們就研究家庭背景、父母關係對兒女的影響。甚至對於不同文化的交流，應該遵循一些甚麼原則，他們也在着手探討。

參觀博物館也需要先具有一些知識作「底子」，看起來才有趣味，但這種知識不是人人都有的。所以該館特別針對各中小學校的教師，舉辦許多節目，開了許多課程，讓他們先來聽講，看影片，一小時有一小時的節目，一星期有一星期的課程。目的是先把教師「領進門」，以後他們帶自己的學生來參觀時，引導說明，便都「頭頭是道」，至少不至於說太外行的話了。

紐約自然史博物館在一九六八年一年之間，為當地各學校舉辦過七千次巡迴展覽，把他們的部份收藏品展出，讓學校裡的青少年和兒童們有就近觀摩的機會，並且也由此加深了他們對博物館的認識，培養了他們自己要到博物館參觀的興趣。當然，博物館這樣大規模向外發展，自身固然需要有充分的人力財力，學校師生的合作凡不可少。這不是件輕易的事情。

紐約市人口不到八百萬，大大小小的博物館和圖書館何止百家。光是自然史博物館一家，上年的參觀者超過三百萬人。據統計，比十年之前增加了一百萬之多。也許這可以作爲一個指標，說紐約市民的文化趣味逐年增高吧。

紐約的博物館，對我們大多數讀者來說，遠在天涯；我所介紹的重點不是他們那兒有甚麼，而是在介紹他們的作法。社會各階層人士如果欣賞這種作法，支持這種作法，我們國內的各大博物館在不久的將來也可能朝着這個方向「動」起來的。

民國五十八年四月二十日

中學生與圖書館

臺大圖書館學系師生去年完成了一項有意義的工作，對全國各圖書館做了一次調查，編成了三種調查表，即「普通及專門圖書館」、「大專院校圖書館」，和「公私立中學暨職校圖書館」，後來將調查結果摘要作爲初步報告，發表於「中國圖書館學會學報」第二十期。從這些報告中，我們不僅可以瞭解當前各圖書館的現況，同時也可以看出許多共同的問題來。

教育學者都認爲，中學階段是人生「可塑性」最高的時期；中學生的身體與智力發育，剛好是一個人出兒童成長爲成人的時期。在這六年之間所受的教育、訓誨、啓發、以及培養成的種種習慣，往往能影響到人的一生。圖書館是學校建制中重要的一環，圖書館內容是否充實，管理是否得法，對於中學生——尤其是能「自動自發」熱心求知的學生，關係最爲重大。根據「現況調查表」來分析，可以看出我們各中學與職校圖書館的共同現象：

第一、辦教育的人都深切認識圖書館的重要性，各學校之設有圖書館室者，在百分之九十五以上。當然，其中有很多是設備簡陋，藏書甚少，但總已具備了可以發展的「基地」。

第二、各校歷史久暫不一，學生人數多寡不一，藏書量自亦隨之不同。但細讀表中所列，藏書較多者（在兩萬册以上的），差不多也正是社會上公認爲成績比較好的學校，兩者之間具有密切的相關性，是可以斷言的。希望各校師生能够做一番檢討。

第三、再就各館的「經營」實況來看，大部份距離理想尙遠。我祗舉一個比較說是最好的例子：臺北市某一家女中，教職員三四〇人，學生六、〇六四人，藏書三一、〇五五册，全年圖書增加量二、七五五册，流通量一二、五六四册。館中有四三六個座位，每天開放十一小時，全年經費十五萬元。如果以這家女中作爲標準，按照比例去逐項比較，有相當多的學校圖書館是「不及格」的。

第四、所謂「不及格」，是根據各種具體統計而來。一般說來共同的缺點是：藏書太少，如某校有學生五〇四人，全部藏書八十六册！館舍空間不足，如某一相當好的中學，三千五百多學生，圖書館中沒有一個座位。圖書增加量與流通量太緩太低，有些根本沒有統計、或其統計一望可知是不確實的，更嚴重的是經費普遍不足。圖書館全年經費列五萬元以上的，在幾百家學校中，恐怕不到十分之二，難怪其工作也祇能是「象徵性」的了。

大家都說，我們近年教育發展太快，所以形成量有餘而質不足的情況。從上述調查統計與分析，也可以看出這種缺點。政府目前全力推行九年國民教育，要普遍爲各校充實圖書設備，恐怕力有未及。但各學校師生和家長們，大可以根據各別的情況想出辦法來。「羅馬不是一天造成的」，可是總得有開始造的一天。

民國五十八年四月二十五日

如何充實起來？

提倡讀書風氣，是一件長期性全面性的大事。風氣的養成，主要在於培養每個人好讀書的習慣與興趣。爲求知、爲敎品、爲解決問題，乃至爲升學、爲出國、爲作官而讀書，皆無不可，但最有益的也最有趣味的讀書方法，應該是「無所爲」而祇爲自己享受來讀書。從「綠滿窗前草不除」，到「數點梅花天地心」，無非都是形容這點兒內心的愉快與滿足。

然而，興趣也並非憑空而來，多少總要靠後天的培養。這番培養工夫，越早越好，越早開始越有效。同時要說明，無論多遲開始也都並不嫌遲。依我個人的看法，中學階段最爲緊要。一個人如果在中學裡還不能體會到讀書的樂趣，我就很懷疑敎育究竟對於他能有多少意義。

全國各中等學校和職業學校的圖書館，目前都有種種困難，內容充實而經營良好者，實佔少數。但是大家不可因此灰心，祇要各方面同心協力鼓起勁來幹，把這幾百家學校的圖書館充實起來，使其發揮應有的功能與貢獻，並不是十分困難的事。

照常理，發展學校圖書館，應該是寬籌經費，廣建館舍，延攬專人，多購圖書，然後讓師生們舒舒服服在裡面閱讀瀏覽，能夠依此循序而進，當然十分理想。

可是，我們現在的大環境做不到，各校的條件恐怕也做不到。如果等以上條件一一具備，再來談發展圖書館，那眞是「俟河淸之無日矣」。所以，我們不如倒過來談。

所謂倒過來，就是暫且不談理想的圖書館應當如何，先談如何充份利用各館現有的「資源」。無論現況多麼簡陋總可以做爲一個起步之點。

而要充份利用圖書館，培養學生讀書的興趣——尤其是課業以外的讀物，主要關鍵是在老師。老師自已喜歡讀書，熱心負責，能夠循循善誘，把課業、課外活動都能與利用圖書館結合起來，這事便成功了一半。

另一半是在學生的身上。在老師的指導之下，能夠不斷去讀，多跑跑圖書館，久而久之，與趣自然就來了。這種樂趣，正如佛經所謂如人飲水，冷暖自知，是不能外求的。

老師肯負責，學生有興趣，充實圖書館便不難。一家中學如果有三千學生，一年之內每人能夠捐贈兩三本書，馬上就是近萬冊的藏書量。學生認識了讀書之樂與圖書館的需要，這才是擴展圖書館最重要的基礎。

過去學生畢業，往往有向母校捐獻紀念品、編印紀念册乃至舉辦謝師宴等節目，其實大可不必，不如易之以捐書或捐獻爲圖書館擴建基金更有紀念性。

學校方面向例收費中有圖書費一項，數目有限，所以更應該確實用在圖書館上面，不應該流用。管理圖書應該有專門的人員；如果專業人才難得，也應鼓勵現職人員利用假期去進修。中國圖書館學會每年舉辦暑期講習，成績相當不錯。當然，涉及經費人事，要看各校校長先生的決心如何了。

民國五十八年四月二十六日

將軍與史料

荷馬李將軍夫婦的靈骨，依其遺囑歸葬中華民國，是近來極有人情味的一大新聞。觀乎李氏夫婦對中國熱愛之深摯，以及我國朝野此次對他們迎靈厝葬儀節之隆重，皆如古語所說的「一死一生，乃見交情」。這種情誼之堅，超乎時間的流轉與生死的界限以上。

身不滿五尺而心雄萬丈的荷馬李是　國父所聘的第一位外籍軍事顧問；一九一二年　國父就任臨時大總統，二月十五日祭明太祖陵，以告中華之光復。在這一隆重的典禮中，惟一獲准參加的西方人便是荷馬李將軍。這位被　國父稱許爲「天下最大的陸軍專門家」，被美國人惋嘆爲「無人肯聽的預言者」，替中國革命奔走四方，以拜倫自況而說「中國就是我的希臘」的奇人，直到他的靈骨到達臺北之日，在中國才成爲一個家喻戶曉的人物。而中華民國建國至今已經五十八年了。

由於荷馬李將軍之例，更使我們痛感史料蒐集、保存、整理與發表的重要。如果沒有李將軍遺屬的珍視保藏，國父當年的十封親筆函電，我們可能到今天仍不能看到，如是則不能不說是開國史乘的一大缺憾。

一個民族要能進步，當然應該向前看。可是，爲了增强向心力與凝聚力，則又絕不能沒有「歷史感」。所謂歷史感，不是閉關自守，敝帚自珍，而是眞正認識自己民族的眞面目與眞精神，必如此方能眞正瞭解我們的民族何以能屹立於天地之間，緜延數千年而不絕。歷史感不完全表現在汗牛充棟的史書裡，也要表現在一切文物制度與民族精神之中，史料之可貴，便在於它是歷史的原始憑證，也是歷史感之所寄託。如果我們連民國之父五六十年之前的手澤都不能搜集齊全，又何能談幾千年的歷史？

過去，「三三草」中常常談到圖書館的重要性。今於荷馬李將軍處又得到一個新的例證。李氏夫婦畢生珍藏的函電，在身後由其繼子致贈胡佛研究所收藏；那胡佛研究所便是一所學術性的圖書館。可見在美國人心目中，圖書館乃是「學術的銀行」的說法是有根據的。如果沒有胡佛研究所的穿針引線，荷馬李夫婦的遺靈與　國父的函電亦仍未必能回到中國來。這一點可以證明圖書館的服務，不僅以買書、藏書、借書爲已足。它是「動」的，凡是與歷史文化學術知識有關的活動，幾乎都少不了圖書館參與其間。

我常常向圖書館界的前輩們報告，我雖然學了一點點有關圖書館的皮毛，但却在新聞界服務，是圖書館界的一個游擊隊員。我樂於利用每一個機會，向社會宣揚圖書館的重要性，希望社會公衆多多瞭解圖書館的功能，並支持其工作。介紹一些新的觀念容易，但引述當前的實例則往往未必那麽凑巧。荷馬李將軍夫婦歸葬中華一事，可以使大家增進對圖書館的認識；即在史料徵集這個小範圍內，我們也還有許多新的工作值得努力的。

民國五十八年四月二十七日

談統一譯名

世界中文報業協會第二屆年會，自十一月三日開始在台北舉行。這次大會由於準備相當周詳，提出的議案大都具體切實；諸如「新聞道德公約」、「同業間互助合作辦法」等案，對於散佈全球各地中文報紙素質之提高，當能有所助益。至於「手工排字技術的改進」、「統一譯名」和「常用字研究」等案，更是自有中文報紙以來大家都深感苦惱的問題。而這些難題的解決，勢非一、二人閉門造車所能爲功，而必須結合集體的智慧與經驗，根據各方面的不同情況，來謀求逐步的改革以至於澈底的解決。這是長期的事業，三年五載之內未必能見顯著的成效。可是，祗要方向正確，大家能有一致的看法與做法，千里長途，始於跬步，必然會有達成目標的一天。

所謂譯名統一，就是將外國的專有名詞譯爲中文時，儘可能求其統一。諸如人物的姓名，地理上的名稱，特殊的事件和物品，組織機構，乃至學理，法令的專名等，都應有統一的譯名；然後，才不至於甲報用一名稱，乙報又用另一名稱，名實混淆，使讀者耳亂目眩，莫知所從。更嚴重的是，由於譯名錯雜紛歧，報紙、廣播、電視上各有一套，教科書，官文書，乃至一般書籍雜誌上又各有譯法；甚至在同一張報紙上對同一名稱前後也有譯名不一的現象。這種情形當然非及時糾正不可。

譯名問題，外國也有類似的困擾，不過，由於文字的結構不同，在中文顯得格外嚴重。統一譯名的工作，在有的國家是由政府負責，譬如日本語文中的外來語，就是由政府機構譯定，全國一體採行的。我們由報業來擔當這一工作，透過報紙而在讀者羣中奠定譯名的權威，使大家能棄異而從同，也是一個很好的構想。就我們的現況而言，也許可以做得比官方機構更為有效。

譯名是翻譯工作的一部份，而翻譯本來是一種不得已的代用品。所以，我認為譯名工作的第一要義，是要考慮到讀者的方便：要易讀、易寫、易懂、易記，「穆懿爾」為何不可譯成「莫易爾」甚至「木一耳」？「聯合參謀首長會議主席」為何不可譯成「參謀總長」？我們何必那樣刻舟求劍，給自己找麻煩？中華民國的「行政院長」，蘇俄的「部長會議主席」，在英美記者筆下向來都是「總理」，這並不是他們的記者沒有學問，而是為了便於他們所服務的讀者。

譯名統一看起來很簡單，可是稍一嘗試，就可以瞭解這是十分艱鉅繁雜的工作。首先要負責統一譯名的單位，以愼重周密的工作態度，博採衆議，去樹立規模。其次要各新聞事業單位先能捐棄己見，朝着統一的方向去推進，最後還有朝野各方都能支持這個工作，欣然採納其規範，譯名統一方能普及化、制式化。這一制度的確立與實施，不僅對讀者大爲方便，甚至於從最基層的國民教育，到最高深的學術研究，都可以有很大的益處。這是值得大家重視與支持的事。

民國五十八年十一月八日

何自責之甚也

寫文章是一工，做官另是一工。做官的人寫文章，寫不好就會出毛病的。前不久，日本的駐阿根廷大使河崎一郎，因爲一本書寫得不對勁，被外務省下令免職，「下台鞠躬」了。

河崎是一個在外交界服務已達三十七年的職業外交官，過去曾駐節伊朗和土耳其。這次出毛病的書，其實與國際外交無關，書名是「日本的眞面目」，用英文寫的。

一般說來，日本人是相當有自信的；但河崎的自我檢討却十分之不留情。有些話連我們看起來似乎也嫌過苛了一點。他論及日本人的形體論，「在全世界各種族之中，除了非洲的小黑人與南非的蠻族之外，日本人可能是形體最不討人喜歡的民族。」他指出，日本人屬於蒙古利安種族，面部平板而缺乏表情，顴骨高，兩眼斜，而且身材不成比例。頭顱太大，軀幹嫌長，兩條短腿又常常是彎的。河崎認爲，由於這種種弱點，所以使日本人存有自卑之感；當他們在西方國家尋歡作樂的時候，要花費加一倍的價錢。

日本人都是黑頭髮，但據河崎說，他們愛的是各種顏色的頭髮，獨獨不喜歡黑的；所以，日本男男女女染髮者甚多。又據說，日本人毛髮不濃，「一個胸前長滿了毛的男性，常常就是日本女性崇拜的偶像。」

他甚至於說，日本男性無論胸前長不長毛，都不是很高明的情人，「黑人儘管皮膚漆黑，也許更爲性感些。」

對於日本人的內在性格，河崎同樣地少有恭維。「日本人至今猶未演進出來一種像西方人所瞭解的那樣的個人主義精神。他們總是壓制自我去遷就家族鄰里。所以，可以說他們缺乏脊樑骨，沒有堅强的自信，而祇是按照一種集團心理而行動。」他認爲，由於這種心理的作用，使得初到西方國家的日本人，往往就會深深地愛上那個國家。一個日本人如果在法國住久了，就成了一個「親法派」。

但是，河崎的書中暗示，日本人的崇洋並沒有得到相稱的報償。據他記載，當戴高樂還在當法國總統的時候，在接見現已去世的日本首相池田之前對左右說，「我現在要去跟一個推銷電晶體收音機的售貨員談談。」戴高樂之狂，舉世皆知，但以首相之尊被人稱爲「售貨員」，亦未免太不堪了。

我覺得河崎的見解未免犯了以偏概全的毛病。任何一個國家或民族，都是有美有醜。河崎的話，給人一種「何自責之甚也」的感覺，正是他自己所指責的毛病。

民國五十八年五月三十一日

大使的言論自由

河崎一郎不僅對於一般的日本人深致貶詞，對於日本政治也頗表不滿。他說：

△「東京是全世界最醜最亂的首都之一。」

△「日本的政客們一旦當選之後，就可以濫權任事，用威逼利誘的手段，鞏固地位，自求多福。今日的政客們，千方百計，要做政府與某些特殊利益之間的掮客。」

△「日本的各個政黨，對於戰後日本的發展鮮有積極的貢獻。它們的存在，大皆寄生而已。」

△「戰前日本立國的原則，有時是錯誤的；但總有一些原則可資遵循。今日的原則，都屈從

最高利益何在。一般說來，是缺乏道德勇氣與紀律。」

河崎也承認，日本人仍有許多的優點，譬如他們工作勤奮，也懂得享受人生，富有經營的才具，教育良好。不過，他認爲，在未來若干年之內，日本將只能在貿易與工業方面擔負一個重要的角色。「戰後的日本，在政治上似不足以言領導亞洲，當然更不必談領導世界了。無論從種族上、思想上或軍事力量而言，今之日本根本不足以承當那樣重大的任務。」

「日本的眞面目」出版之後，東京外務省也收到了原書。外相愛知揆一沖沖大怒，一紙電令到達阿根廷，立即免了河崎的職務；愛知並且公開宣佈，河崎居然寫出這樣的書來，根本就不配當大使。

現年六十歲的河崎大使，照法令本應於今年秋天退休。他何以不等退休之後再出版這本書，至今尙無答案。不過，他對於用英文寫這本書的動機倒也有一番說詞，他說，「我一向確信，促進國際間彼此瞭解的上上之道，必以坦白誠摯爲基礎，而非曲飾與虛僞。拙作即在試圖增進外國人對日本的瞭解。」

但以一個代表國家的使節，著書立說，這樣「增進外國人對日本的瞭解」，恐怕是日本人吃不消、受不了的吧。一位大使連對本國男性的「性感」都表示懷疑的時候，的確令人有點兒不能容忍。

但是，不同的見解仍是有的。東京有一位作家篠原正瑛，投書報端，指責政府的處置不當。投書中指出，河崎的書雖然講了許多惡言，而且有些誇張，但他是以個人的身分發表「隨想」，政府突然予以免職的處分，是不合憲法保障言論自由精神的。篠原認爲這是一種趨向言論統制的傾向。

不過，篠原一點兒也不同意河崎所謂日本人形貌不討人歡心的說法。他特別提醒河崎，應該讀一讀名小說家森鷗外的一個短篇「花子」；據暢遊歐陸的森鷗外說，軀榦長腿短的日本人，在歐洲人心目中還有一種特殊的魅力呢。此說如果屬實，則河崎不但做官的工夫不到家，讀書也還有「不到之處」。

民國五十八年六月一日

何處去找書

一個在報章雜誌上寫文章的人，最愉快的事情之一，是能經常收到許多讀者的來信，切磋論道，互相砥礪。過去，我對讀者的來信，總是儘可能答覆。但是，讀者們的信越來越多，其中有很多是需要查證之後才可以下筆奉答的。加以最近移居山間小住，要專心做一點自己的事情，如果一一覆函，則時間精力兩不許可，這是要向各位讀者先生們致歉的。

讀者賜函之中，提出來最多的問題，大都是要找某一本書，到何處去買？我想在此一併回答。

求知治學，不能不讀書；要讀書就先要知道如何找書。圖書館學裡的「選書」（Selection of Books）是專門的一個課程，我在此做一點圖書評介的工作，大體是運用這些原則而來的。

至於說某一本書究竟是哪一家書店出版的，這問題比較容易解決。在外國，專爲解答這類問題的參考工具甚多。我們的圖書出版事業目前尚沒有進步到那一步，但仍可以有相當補濟的辦法。

第一、無論中外文圖書，要查明其下落，最好是養成到圖書館查卡片的習慣。尤其如中央圖書館、各公立圖書館、各大學圖書館中，目錄卡片都是公開陳列，任何人都可以使用的。使用方法都很簡便，大抵與查字典或查電話簿相似。從卡片上就可以查到那本書是何時，何地，由哪一家書店出版的。

但有些是很新的書，圖書館尚未入藏或已買書而猶待編目，卡片中找不到。臺北的中央圖書館館刊與學生書局印行的「書目季刊」，都有新書的簡目。雖都不甚完全，但亦可解決大部份的問題。要買新書的讀者，還應隨時留意報紙雜誌上的出版廣告，如果能按照自己的需要而製作一套藏書卡片和待購書卡片，就更爲方便了。

第二、關於西書部份，除了各圖書館卡片之外，更可以查「出版人週刊」（Publishers' weekly）和「圖書館雜誌」（Library Journal）——這兩種是最容易找到的；比較專門性的新書，從各種學術性期刊中往往可以找到很豐富的材料。臺灣有很多經售影印西書的店家，理工醫農等科系的教科書，大都集中在臺北市重慶南路一段，小說類與一般性書籍，則以中山北路國賓飯店附近爲多。這些影印本有很多都是未經授權的，也就是外國人所說的「盜印本」。與原出版人簽立合約以代理人身分印行西書的。目前似祗有南京東路的美亞書店一家，那些盜印本的出現本來是不合法的，但他們倒也經常編印簡單的聯合目錄。

選書、找書，也是讀書樂趣的一部份。我所介紹的書，大多是「各大書店均有代售」的，所以，對來函中提出的各別問題，恕我不再一一奉告，請您自己去查吧。

民國五十八年十一月七日

消暑讀化學

夏日的煩惱之一，是熱得人無心讀書。也不全是「無心」，在汗流浹背的情況之下，甚麼好書讀起來也要打折扣的。於是而忽發奇想，乾脆找一本讀不通的書來消磨罷。手邊是鮑林(Linus Pauling)的「大學化學」，想不到居然也稍有所得。記得以前有人說過，「在非文學性的書籍中偶得一二佳句妙想，就好像在舊衣服的口袋中摸到了忘之已久的零錢。雖然錢原來就在那兒，仍止不住令人有一種意外驚喜之感。」這譬喻是很俏皮的。

我承認，從高中畢業之後就沒有再碰過任何談化學的書。這本書吸引了我的注意，主要還是由於鮑林的大名。任何人能得諾貝爾獎金都必有其了不起之處，此君居然得過兩次，與發現鐳的居禮夫人同爲極少見的特例。所以，連我輩不習自然科學的人也知道他。鮑林一九〇一年生於美國俄勒岡，父親是開雜貨店的。他幼年就醉心於化學研究，在加州大學得博士學位，一九二五年赴歐深造。一九二八年以後在加州理工學院任教授，他對有關化學價標的性質研究以及共振學說，對於結構化學影響重大。一九五四年得到諾貝爾化學獎。

他第二次得獎，多少有些意外。那是一九六二年的諾貝爾和平獎。他以科學家的立場反對戰爭，一再發表言論，隱然成爲美國反戰派「鷄蛋頭」階層的代言人。批評他的人認爲他的「化學政治」，其實是過份天眞。

鮑林的天眞，有一事最足以說明。甘迺廸總統在世時，常常邀請學術界文藝界的名流到白宮餐敍。有一回，鮑林上午抗着木牌在白宮草坪上「反戰示威」，當晚就換上小禮服，在白宮的大廳中翩翩起舞。那兩張照片第二天就出現在美國各地的報紙上。維護他的人說，鮑林本心並不壞，可惜政治不像化學那麼條理分明。

至於他在學術方面的成就，則久已爲科學界所承認。他寫的教本，在美國各大學採用者最多，中文譯本聽說也有好幾種。我所讀的這一種，是中興大學的張駿、陳國成、和淡江文理學院陶金華等三位教授合譯，東華書局出版，上下兩卷共分六篇卅章。是根據原著第三版所譯。

爲考試而讀教本，那是人生苦事。但若隨意瀏覽，滋味又自不同。常聽到學術界的先生們指正我們新聞記者素養不够。在這本「大學化學」中，像「近代化學緒論」的一篇，以及最後幾章有關生物化學、基本微粒之化學、和核化學那三章，讀之多少可以得到一些新的概念。當然，科學教本不能像小說一樣，長江大河，一瀉千里；而且，基本訓練不够，那些方程式三思四思也難求甚解。可是，它也絕非不可解的天書。我覺得，能够得到一些最起碼的瞭解，也總比一片茫然好些。

譯者加進了許多科學家的傳記、圖表，以及統一譯名的索引，在專家看這都是附件；但在我看，則不僅是有可讀性的消暑讀品，而且也可以供以後的參考——把譯名部份作爲最簡單的化學辭典提要，對我們外行人說，大概也就够了吧。

民國五十八年八月二十四日

良知的議會

第三十六屆國際筆會，定今天（九月十三日）開始在法國蒙敦舉行。中華民國筆會推定由名作家林語堂先生、中央通訊社馬星野社長爲代表出席這次大會。

國際筆會於一九二一年成立於倫敦，一九二三年召開第一屆大會。原則上每年開會一次，但在二次大戰前後，受世界局勢影響，一九三九、四〇、四二、四三、四四、四五，都沒有舉行；近十年間，五八、六一、六三、六四、六八，也因故未能開會。在三十六屆大會中，約有三十次都是在歐洲各國舉行的。第卅四屆大會在紐約舉行時，參加者有五十六個單位。據說，筆會在世界各國的會員在七千五百人以上。

國際筆會簡稱P.E.N.，組成份子包括：P是「詩人」（Poet）與「劇作家」（Playwright

）；E是「編輯人」（Editor）與「散文家」（Essayist）；N是「小說家」（Novelist）；各取其字首而成，將用筆之人全部網羅在內。所以，其正式名稱應譯爲「詩人、劇作家、編輯人、散文家與小說家國際協會」，這個名銜未免太長，遠不及「筆會」來得簡潔響亮而爲人熟知。

文人集會結社，定宗旨最難。尤其像國際筆會這樣的團體，會員分散世界，文化傳統與政治見解相去之遙遠，可能甚於地理上的距離（像蘇俄、捷克、古巴、南斯拉夫等共產國家也都有人參加），但是，根據一九四八年在丹麥哥本哈根舉行的第二十屆大會中通過的「筆會憲章」，筆會基本上是一個維護人權，捍衛自由的組織。憲章中確認：

一、文學之起源雖有民族性，但應知文學無國界，且應不受政治或國際變亂之影響，永爲各民族間之媒介。

二、在任何環境之下，特別在戰時，一切藝術作品因其爲人類遺產，應使不受民族情緒或政治趨向之影響。

三、凡筆會會員，應經常運用其所有影響力，以促進各國間之諒解與互相尊重；應保證盡其最大努力，以消除種族、階級、與國家間之一切仇恨，並支持大同世界共享和平之理想。

四、筆會贊同各國本國內暨與他國間思想交流應不受阻礙之原則，各會員保證彼等當反對其本國及其所屬社會中以任何方式壓制言論自由之行動。筆會主張新聞自由並反對和平時期之強迫檢查。筆會相信：世界之必然向一種更健全之政治秩序與經濟秩序進展，使對於政府、機關及社團之自由批評有其必要。因自由含有克制自我之義。各會員均保證彼等反對一切新聞自由之流弊，例如出版僞書、揑造消息及歪曲事實，以達其政治及私人目的一類之行爲。

觀乎以上的原則，其目標之正大可見。儘管其組織散漫，會員不多而意見相當紛紜，各國筆會又都在鬧窮，但影響力依然很大。有人稱筆會爲「人類良知的議會」，似亦不算過分溢美。

民國五十八年九月十三日

交流與傳揚

國際筆會於一九二一年成立之後四年，中華民國正式申請入會；中華民國筆會是一九二五年在上海成立的。第一任會長是已故的北大校長蔡元培先生。不過，由於內憂外患，戰亂頻仍，中國筆會有二十多年沒有參加總會的活動，直到一九五七年，由我國駐聯合國教科文組織代表陳源教授居間聯繫，於那年六月在臺北恢復會務。次年春天，執行委員會通過了中國筆會的會籍。當時由已故的張道藩先生任會長。一九五九年，改由羅家倫先生繼任。也就是從那一年開始，中國筆會才正式出席國際筆會的大會。

在過去這十年間，我國以出席一九六六年在紐約召開的第卅四屆大會代表人數最多，有曾虛白、謝然之、王藍、鄭南渭等先生和殷張蘭熙女士。那屆大會開會之前，適發生蘇俄政府逮捕了作家辛雅克斯基與丹尼爾的一案，曾引起各自由國家文學界的譴責與抗議。在大會中，中國筆會代表團提出譴責中共摧殘作家的報告，經秘書處同意編入筆會的專刊之中。爲文學、爲人權，這都是一項很不容易達到的成就。嚴正的呼聲，不僅可因此而穿透鐵幕，也將與筆會的歷史長存。

羅家倫先生頻年健康不佳，懇辭會務。中國筆會今年七月十九日大會中改選出來的執行委員會，推林語堂先生繼任會長。七月三十日的會議中決定請林先生爲出席卅六屆大會的代表團長。有人說，林先生是作家而兼學者；其實他的作家成份遠濃於學者。在他的等身著作中，仍以文學創作致力最多，他馳名中外者亦在此而不在彼。林先生似大可以不必在「蓮公」「堇堇」上多花心思。一個主性靈、重創作的作家，從事考據研究似非用其所長。我覺得，以林先生的聲望來擔任筆會會長，是最適當的人選；過去，有千千萬萬的外國人，都是從讀林先生的書來瞭解中國。如果論「名氣」，林語堂也許比連任日本筆會會長多年的川端康成更爲世人所知。這應算是中國人在國際文壇上的一筆「資本」。

國際筆會一貫強調其「非政治性團體」的特質；其本身的行動對各國確無約束力量；但是，這個「筆勝於劍」的團體所能發揮的道義影響，仍受到世人的普遍重視。像憲章上所舉：促進國際諒解，消除一切仇恨，支持大同世界共享和平的理想，謂之爲文學的終極目標固然很對，就說它是政治的遠大理想又有何不可？

我們不期待國際筆會能發生任何政治作用。心靈的交流，眞理的傳揚，重要性遠在政治作用之上。國際筆會是交流與傳揚的重要通道之一，中國人是很誠懇很認眞地努力着，希望爲筆會的理想貢獻一份力量。

民國五十八年九月十四日

退休與元老

國民黨發起「依例自退運動」，號召黨內高年的負責幹部與從政同志自請退休，這是政治上的一件大事。

近讀沈亦雲女士的「亦雲回憶」，談到日本過去的元老制度，很有意思。她說——

「元老是（明治）維新以來一脈相承的重臣，已退休而負重望，爲一般人所知曉，天皇所信任。元老平日住在與實際行政有若干距離的郊莊，身雖閒散，心以國家大事爲常課，左右有各種問題的專家，他自己對國際及本國過去未來的事能密切注意。他的門生故吏滿天下，但不利用爲個人利害。元老要做到『寧靜致遠』，亦須保持『淡泊明志』。國家養成了這種人，在要緊時徵求其問題的智慧和公正意見。不是崇德報功，亦非優遊林下，更不可作土豪劣紳，這種元老要靠本身，亦要有機會，要靠社會容許他能公正，是可遇而不可求。在最後一個元老西園寺公望以前，日本的政治一直有賴於元老的貢獻。即使平常更換一次內閣，舊內閣向天皇遞辭呈，報上立刻見到元老奉召入京，天皇聽取他的意見後，他立刻離京回家，不再逗留。」

日本的元老政治，至一次大戰之後，因少壯軍人之盲動而動搖。但在二次大戰之後，四度拜相組閣的吉田茂髣髴近之。他不僅一手培植「大臣級」的戰後政壇人物七十餘人，而且在退居磯谷之年，決疑定計，仍有重大的影響。有名的「吉田書簡」，就是他以個人身分所署，在他身後爲日本政府遵守至今。

當然，中日兩國國體根本有別，國情亦大不同。我們今天當然不必也不應倣行日本的元老制度。不過，依沈女士的評斷，元老制度「維持日本政治的安定和維新的完成，使國家有充裕時間提高社會各方面的水準，在日本是成功的。吾人在中國書上見到的政治修養和社會憧憬，在散漫遼闊的中國未生效力。在日本是實現了。」可見這個制度有若干價值。而其基本精神還是取自中國的。

退休制度的貫澈，乃是政治革新的關鍵之一。這並不是說所有上了年紀的人都已「過時」，而是因爲革新需要精力充沛的一代去負起執行的任務。同時，在此過程中可以培養繼起的人才。年長者退休，與其說是「讓路」給年輕的後輩，不如說是轉交一種任務，不必再在日常繁瑣的實務中耗費精力，而將其寶貴的經驗與智慧，集中於重大問題的思考與研究。這才是一種積極意義的退休。

元老之養成，「要靠本身」，這是說他要有足以令天下翕從的才識聲望，而且能與時俱進，日日求新，不單是靠老招牌；同時更要有寧靜致遠、淡泊明志的修養與氣度。如是乃可以對國家、對社會有大貢獻。我想，我們的政制上雖無「元老」之名，但大家所期待於「元老」者，大概也與上述的標準相去不遠吧。

民國五十八年九月二十六日

挺立在風雨中

節逢雙十，國家有慶。然而，今年的國慶與往年大有不同。在不到一個禮拜之前，臺灣連遭颱風豪雨侵襲。中秋夜的艾爾西，使中南部農村蕉園飽受其擾；十月三日以來芙勞西帶來的豪雨，又使東北部三縣市爲濁流所苦。就在政治經濟中心的臺北市區，有人登樓避水，有人扁舟逃生。此情此景，能不令人惻然。當風疾雨驟之時，陸空交通中斷，水電電訊停頓，市內就有一萬多家電話不通，這種情形又怎能不令人悚然心驚。

然而，在痛定思痛之餘，我覺得這兩場風雨不僅是帶來了災難與損失，同時也爲我們帶來了嚴重的考驗與深遠的啓示：

第一、風災水患誠然相當嚴重，但也經此一場災難，證明我們臺灣社會是一個戰鬪體，我們沒有散，我們沒有癱瘓，我們更沒有退縮。在我所見、我所聞、我所知的人物中，在過去幾天來，絕大多數人都置身家安危於不顧，將本身工作放在第一位。交通水電都在風聲雨聲中漸次修復，有人爲此負傷，有人爲此殉職，就是最明顯的例證。千千萬萬默默無聞的平凡人物，在危難之際表現的責任感，便是二十年來生聚教訓的成果。

第二、尤其值得大書特書的，是各地軍警人員。他們沐雨櫛風，冒險犯難，救生卹死，解衣推食；一個人所能够奉獻給另外一個人的，他們做到至矣盡矣。他們所表現的熱情、勇敢、組織與紀律，將永爲國人所感念。中華民國憲法第一百卅八條規定，軍人「效忠國家，愛護人民」，他們百分之百做到了。

第三，風雨之中，證明我們是一個充滿了溫情的社會。無論識與不識，大家都發揚了患難相助，有苦同當的精神。患難之中見眞情，它使我們大家的心凝聚得更緊、更親——面對着幾乎不可抗拒的天然災害，更使我們深切體會到「風雨同舟」的意義。

二十年來在臺灣，是一小康局面，尤其近五年來，叨天之福，沒有重大的災害，經濟進步，財富增加，生活水準提高，官場中不免多驕妄之氣，社會上不免多奢逸之風。「暖風吹得遊人醉」，下面一句則有所不忍言了。這場暴風雨雖然造成若干生命財產的損失，也應有「颱風吹得醉人醒」的效果，掃盡驕氣，盪滌奢風。在無際無沙的漫漫長夜裡，重溫「此地何地，今日何時」

的前言。

人類文化與患難相倚，戡天役物，征服環境，便是文化的進步。文化又常與水結緣，中國之於黃河，埃及之於尼羅河，印度之於恆河，雖說水有灌溉之益，但當其泛濫橫決之際，也就是對人類的智慧、勇氣和毅力進行考驗之時。

殷憂啓聖，多難興邦。我們挺得住，挺立在無情風雨、艱難困頓之中！

民國五十八年十月十日

長痛與短痛

幾年前讀王作榮先生一篇論文，形容臺灣是一「淺盤經濟」。其實，臺灣整個的地理環境也可說是一「淺盤」。連着半月二十天不下雨，旱象也來了，用電也要限制了。連着下幾場雨，又得爲救水而忙。臺灣的自然資源沒有多少可誇耀的。淺盤中能夠養活一千三百多萬人，能夠支持六十萬的軍隊，而且使國民生活不斷提高，國民所得不斷增加，主要是靠了人的努力。

理論上說，國民每一個人的力量，累積在一起便是國家整個的力量。事實上並不如此簡單。將個人之力組織起來，結合起來，而作最有效的運用和發揮，乃是政府的課題。政府所以能領導國民者在此，政府所以能爲國民謀福祉者亦在此。

一週前的南風北雨，給我們帶來了相當可觀的損失。輿論民情，對於政府乃有所質疑，有所責備。同時，連日報章也發表了許多位水利專家的高見，對於治水防洪頗多獻議。治水防洪，玆事體大，非有通盤籌劃，投入巨大的力量不足爲功，民間雖樂於出錢出力，但是主持計劃並且將計劃逐步實施，乃是政府的責任。此次災患，是否有「人謀不臧」的成分，新聞界要問，民意代表要查，老百姓也都想要一明究竟。報紙上有「雖非火熱，確是水深」的評論，居官守者對此痛切的針砭，當不至無動於衷。

但是，如果大家把災患之過，完全諉諸行政當局，似亦非持平之論。防洪治水是要花大價錢的。專家估計，單單是把臺北地區排水系統完成，經費當在二十億元以上。如果再要建防洪水庫，以謀根絕水患，所費更將數倍於此。錢將安出乎？

何凡兄幾天前曾談到，「幾十億經費一時籌不出來，而幾天淹水的公私損失也不下這個數目。明知在數難逃，而年年這樣損失下去，實在是愚不可及。」看到、聽到、或親身經歷到水患之害以後，相信許多人都有此同感。

不過，風雨之來，非人力所能挽轉。香蕉水稻受損，房屋財產被淹，這是強迫性的損失；「怨天尤人」之外，受害者祇好認命。如果當局在無風無雨之時，要民間拿出幾十億幾百億元來修建排水系統和防洪水庫，恐怕就沒有這麽容易了吧？

政府中人當這個「淺盤經濟」的家，確實也很不易，許多事顧此失彼，甚至於限於表面文章，中看不中吃。現在，民間在飽受風雨蹂躪之後，要求政府應該拿出更好的辦法來；大家的要求，「重建家園，恢復生產」祇是第一步。今後如何對抗「在數難逃」的風災雨患，政府應有更澈底的計劃與更積極的作爲。長痛不如短痛，民間現在已有接受「短痛」的心理準備，政府應該把握時機，因勢利導，將民意與民力化爲更大的建設力量，以成百年長治之功。

民國五十八年十月十一日

防洪的知識

常常聽說，「知己知彼，百戰百勝」。最近一次的風雨，使大家發現到平日疏忽了許多事情，起碼的「知己」工夫太不够。譬如說，聽到說「濱江街水深九台尺」的時候，很多人根本還不曉得濱江街在那兒，包括我這二十年的市民在內。

颱風是臺灣的大敵，防颱的重要性以及「有備無患」的道理，人人皆知。可是，颱風警報裡的名詞，像暴風半徑、時速、方向，大家都已瞭解，中心最大風速所代表的意義就有點兒模糊。至於說看到一張警報就能瞭解到某一個颱風之嚴重性，似乎也還不是很普及的知識。再如十四級風代表多大的力量，一下子能具體說得出來的人似乎也不多。這些知識似乎應該列入國民小學的課本之中。

臺北市民認識臺北市區，也許還比較容易，但對於環繞在市區周邊的河川——這些河川在漲水的時候，等於是颱風的「第五縱隊」，能夠一一叫得出名稱，說得出源流與大略情況的人恐怕也不多。我大約受了散文作家們的影響，心中先有一個成見，總以為臺北附近所有的水都是淡水河。直到看見許多河川漲水的新聞時，才趕緊找地圖來查一查「究竟是何方人馬」。在朋友之中，像我這樣糊塗的人為數也頗不少。有人能憑默記畫得出來歐洲列國形勢圖或美國各州位置圖，但卻弄不靈清臺北與宜蘭究竟有多少里路的距離。

至於說到治水防洪，我的（也許可以說「我們的」吧？）知識就更為可憐。堤防工程、分洪工程、攔洪工程、治導工程、集水區經營，這些方法早就聽說過，但從來沒有深切地去想過，更不會把臺北地區的情況與這些方法結合在一起去想過。這是與身家性命都有關的大事呀，何能一點兒也不瞭解，一點兒也不關心？

至於水災的成因，更是衆議紛紜，一直到「一城雨色半城湖」，大水淹到了家門口，還不曉得這水究竟是從何處來的。由於我們的基礎知識不足，聽到讀到許多位專家的高見，自己仍然是在一知半解之間，談不上充分認識，更無從判斷其是非。

防洪治水是極其複雜的專門學問，在外行人如我輩，自修與惡補都不會「升堂入室」的。但是，最起碼的知識不能不有，這是我們「知己」的條件之一。社會公衆先有一概略的瞭解，從瞭解而支持，然後乃能衆擎易舉，以完成治水的要求。

黃黎洲論爲學有言：「天下學問，以用得着者爲眞。」以今日眼光而言，這話似太狹隘。目前用不着的學問，安知三年五年之後就一定也用不着？但我們現在的情況，連防洪治水這樣與個人和公衆皆極有關的事，似猶未以「眞」學問視之。有關防洪知識的普及，應該是我們防洪的第一事。

民國五十八年十月十二日

揚清風・除紅禍

世人皆稱共產黨爲「紅禍」，因爲他們不但打紅旗，而且殺人放火，造成紅色的恐怖。眼前還有另一種紅禍，那便是俗稱爲「紅包」的貪汚。賄賂授受之間，往往是「笑臉迎人」，一禮當先，毫無恐怖之感。但其後果之嚴重，非僅可以使少數人身敗名裂，而且汚染社會風氣，腐蝕政治機能；由製造不公不平而使民心渙散，爲害正不下於殺人放火。

對於貪汚案件的處理，常聽到的說法是「治亂世，用重典」，或者「殺一儆百」，採取嚴刑峻法以警貪頑。這種意見說來痛快淋漓，但不一定完全切合我們法治的實際，治國自有常經，豈可輕言殺人？今天，要撲滅貪汚的現象，應該從切實革新社會風氣着手，方爲根本之圖。

說到革新風氣，似乎「其大無外」，樣樣都可包容。如果那樣討論下去，難免要泛濫無歸，不得要領了。我祇提出兩個具體的意見：

第一、個人要嚴格實行「量入爲出」的財務管理，不可打腫臉充胖子。今天，軍公教人員收入微薄，這是事實，有許多人認爲這是貪污之源。我個人認爲未必如此。老實說，絕大多數的薪水階級是做到了守法守分的，如果沒有這些人的默默苦幹，中華民國也不會有今天。再從歷年的貪案來檢討，在吃豆、喝油、炒地皮、剝香蕉之中起「決定性作用」的人，絕少是眞正爲窮所迫而以身試法的。薪俸有定，物欲無窮，如果自己不能節制，就利用職務上的權力與方便去「自求多福」，則今天任何一個受薪者都有貪污受賄的「理由」。那還成甚麽國家？所以，轉移風氣之始，重在每一個人對於日常開支的矜愼戒懼，不求非分。其實，淸素如我輩，在收支兩抵之餘，享心安理得之樂，又有何不好？「禮義廉恥」的代價並不廉，總要自己挺得住才好。

第二、觀念上要打倒盲目的「拜金主義」，對於有錢的人（文雅一點的說法是「有實力的人」），也要問問他的錢是從何而來的。他的「實力」究竟是靠了辛勤苦幹，還是靠了投機舞弊？尤其是奉公職的人，如果他的生活享受與他的「鶴俸」不成比例，則其人格根本就大有可疑。一個人的日常生活是不能經常作僞的，以此標準衡量，許多所謂「有辦法」的人，正可以一眼望穿。正人君子以氣節相尙，以淸廉自勉，和不合理的奢侈作戰，就是與貪污作戰的第一步。

當然，肅清貪污，需要政府下大決心，出大力量，像這次的剝蕉案，除去捉到了一干涉嫌人等，同時，更發生了扭轉風氣，振奮人心的作用。不過，更要緊的還在社會上要尊重「有所不爲」的風格。揚清風，除紅禍，人人有責。

民國五十八年五月二日

一撈永逸？

一勞永逸，有時是說一種負責的態度，表示做事要貫徹到底，計慮深長。用一時的勞苦，享長遠的安逸。在時人眼目中，眞正樂於那樣去「勞」的，未免是儍子，是笨伯，是不自量力。但是，歷史可以證明，肯於這樣埋頭苦幹，以一己的勞苦，換天下後世長遠的安逸者，往往也就是推動時代進步極有貢獻之人。

一「撈」永逸也算是一種負責的態度——但只是對他自己負責。笑罵由人笑罵，撈到一票再說；此輩大都屬於長袖善舞，利令智昏之徒。方其得手稱心之時，人們也許會以爲他們是「識時務者」，是聰明人。但是，事實也可以證明，一時狡慧，往往不得善果；而且，在一個社會中，這種聰明人越多，社會就越烏烟瘴氣。

貪汚是令人切齒的事；懲治貪汚是大快人心的事。但，這一工作並不容易。貪汚的數字越大，勢必株連越廣，原因錯綜，過程曲折，量刑處罪，確實不是三言兩語可以說得清楚的事。所以，這類案件從偵辦到定讞，往往要經過很長的時間。在此期間，市井走告，報章騰傳，給大家留下惡劣的印象，對社會也發生惡劣的影響。

影響之一是，有些人會誤以為一「撈」便可以永逸。這話怎麼講呢？由於觸犯貪汚罪而受法律制裁的人，幾百幾千元是坐牢，幾十萬幾百萬元也是坐牢。而其刑期之長短，與貪汚之多寡，並不一定十分相稱。所以，有憤世嫉俗之人大彈反調，說小貪不如大貪，少得不如多得。如果眞能貪汚幾百萬，受過幾年縲絏之苦，還有後半生的快活——至少比奉公守法，兢兢業業，一旦溘然物化唯有撫卹金可領的人快活。

這種一撈永逸的錯誤觀念，是戢止貪風的大障礙，也是巧佞之徒意圖僥倖的心理基礎。此等人所想的，可以套一首詩來形容。

「名譽誠可貴，自由價更高；

若為撈一票，兩者皆可拋。」

政府對於懲治貪汚，曾三令五申；對於賄賂授受各方，都有處罰的規定；同時對於舞弊而得的贓款，也明定應該追繳歸公。這是非常重要的。處罰授受雙方，乃所以杜絕貪汚的發生，追繳贓款歸公，乃所以清除貪污的「惡果」。尤其關於後者，如果的確能够澈底實施，嚴格執行，不法所得，概予沒入，用事實證明一撈並不永逸，貪墨終屬徒勞，對於心懷歹意、可好可壞的人，必可有很大的警惕作用。

民國五十八年五月三日

簡樸的生活

有人嘲笑美國人，父母到兒女家中住幾天，吃幾餐飯，都要付房錢飯錢的。言外之意，當然是說夷狄之邦，不知禮數。末世風俗，如此涼薄，未免令天下生兒育女者寒心。

就我個人的經驗，父母向兒女繳付房租飯費，在夷狄之邦的美國，也並非普遍通行的現象。當然，這種情形偶乎有之，但那也要看父母兒女之間的感情和彼此的經濟能力，並不是一種制度化了的「必然」。

其實，換一個角度來看，我們自己社會中也有許多毛病。如果上述美國人那種極端的事例是末世涼薄，則我們的作風又未免太熱太濫了。我們中國人頗以「人情味」自豪；可是，到了大家慨嘆「人情大似債」的地步，也就沒有甚麼味了。

在美國，兩個朋友下館子，各自付帳是原則，甲爲乙付帳或乙爲甲破鈔是例外。而且，在這一原則之下，你可以點你的十塊零八角的牛排，我可以吃我九角九的「熱狗」，照樣可以相對歡然、略無拘束。初到時，這種辦法我是看不慣的，可是看多了之後才體會到，這豈不正是富而無驕，貧而無諂？我不必跟着你擺闊，你也不必學着我受窮。牛排熱狗，各取所安，有甚麽不妥呢？

我們的社會不是如此。極少數有錢有閒的人，浮華奢侈已經不得了，偏偏又有些自己並沒有那種財力的人，也競以浮華是尚，奢侈爲榮，這就越發的不得了。多少件社會的犯罪和個人的悲劇，就都是從此發生的。這並不是說惟有錢者才有權享受，他們那樣做也不應該；而是要特別强調，不自量力而追求物欲的滿足，遲早總有悔之無及的一天。

無論經濟成長率的百分比有多麽高，我們必須正視一個事實，中華民國目前還不是一個富有的國家。尤其因爲我們肩負着光復大陸，重建中華的責任，每一塊錢的使用都應該精打細算。在這樣的時代背景之下，如何能容許宴安奢侈，浪費無度的作風。

要樹立廉潔的風尚，最要緊的是大家能過簡樸的生活。唯有社會上大多數人皆能踐履篤實，以簡單樸實爲行爲的準則，全面革新才不至於徒託空言。

我不反對人情味，我也不贊成將來到小兒家中吃飯一定要付錢。但是，我以爲西方人嚴乎人己之間的界線，愼乎取予之間的分寸，仍是値得我們思量的。我們應該能建立一種社會規範，與傳統相合，與禮俗相合，同時也與我們的荷包相合。

民國五十八年五月四日

足以自豪的家

十月裡，全球各地僑胞回國者特別多，國內往往概以「僑領」稱之。從正面的意思看，僑領者華僑領袖也，是一種尊敬的稱呼，但是，用之旣久，不免走樣，甚至於在某些人心目中，僑領是觀光客的同義辭，「腰纏十萬貫，跨鶴下揚州」；亦因此卽成爲杭州人所謂「刨黃瓜」的對象。這是非常錯誤的觀念。

華僑在海外，成家立業，積成巨富者，固然比比皆是，但他們寄人籬下，艱苦創業的情形，更値得大家多多瞭解。老一輩的僑胞，大都是靠了克勤克儉，胼手胝足，吃別人所不能吃的苦，受別人所不能忍的氣，方能功成名就。年輕一代的華僑，雖然有的是承先人餘蔭，但仍要看個人的學識、品德、能力，與別人競爭。老華僑以經營商業起家者居多，現在則不僅進而致力於工業，而且有許多專業人才，像醫師、律師、工程師和專門研究人才。海外華僑不僅人數增多，「質」也逐漸提高。他們的成功，乃經歷種種磨礪考驗而來，斷非憑空倖致，遍地撿黃金的。此在二次大戰之後獨立的亞洲新興國家，情形尤爲顯然。

所以，將華僑視爲「觀光客」而逕列入「刨黃瓜」的對象，乃是極不公平的事。華僑回國往往會看到許多莫名其妙的「捐册」，在海外時往往也會碰到許多莫名其妙的「化緣」，雖然有些都是打着很冠冕堂皇的旗號，在被捐被化的華僑內心中，却是情有未甘而又不便公開發作的。這種情形有點兒像嫁出門去的姑奶奶，娘家有個不爭氣的小兄弟常常去告幫。不幫則未免顯得太無情分，自己的面子也下不來；幫則何時是個了局？

臺北某些人對華僑有幾個誤解，一是認爲華僑都有錢，所以應當樂善好施，來者不拒；一是認爲華僑遠處異國，對國內情形茫然不解，儘可以信口雌黃，「唬」他們一個天旋地轉。其實，這都大錯特錯。

回國的僑胞，近則港澳非泰，遠則歐美，能够不辭風露，趕到臺灣來參加十月慶典，當然殷實者居多；可是，我們要知道，其中也有許多人是以其多年辛勞的積蓄，做此「一償夙願」的旅費。馬尼拉的羅哈斯大道固然壯麗非凡，千百位僑胞居住的王彬街却比整建之前的中華路相差無幾。

至於說華僑不瞭解國內情形，那更是無知之談。華僑身在海外，最關心的事除了自身生活之外，便是祖國的情形。以今日新聞電訊傳播之迅速，往來交通之便捷，他們有甚麼事不曉得？尤其各地回國升學的僑生，人數家多，學成之後大部份回到僑居地服務，與國內師友保持聯繫者甚多。有些華僑之受騙被「唬」，與其怪他們太天眞，毋寧要怪他們感情上有「弱點」——他們把祖國的一切都太理想化了。

我們應該以歡迎遊子還鄉的心情，誠誠懇懇地接待華僑，要使他們有「如歸」之感，事事不可讓他們失望，尤其不容有把華僑當寃大頭的事情發生。無論他們在國內停留的時間是長是短，要讓他們覺得眞正是回到了自己的家，讓他們覺得自己的家眞正值得引以自豪！

民國五十八年十月四日

出境手續的簡化

每年暑假期間，辦理出國手續的人很多。過去曾聽人說過，出國手續重重複複，相當之不簡單。因此大家的意見很多。

最近有事出門，又重溫一次各種申請書和手續。我對於辦理這一類事情向來缺乏「靈感」，所以，雖然已經辦過好幾次，仍是不能將各項手續從頭到尾記得很清楚。幸好是「憨人有憨福」，每次總有頭腦靈敏、熱心幫忙的朋友從旁協助指點。但也正由於此，我自己對這一套手續本應該已經「通」了的，至今仍然是不通。

最近的一次，我把那些表格比較了一番，發現簡化出境手續一事，政府的確不斷在逐步改進之中。

譬如以「後備軍人」出境而言，去年到歐洲去時，表格比現在就複雜些。過去，是除了申請出境要保證人，申請護照要保證人，然後，後備軍人的那張表上也要保證人。乍看起來，既然要找保證人，多找一位沒有甚麽關係。問題是每找一個保證人，便要多出好幾道手續來：因爲保證人自身也需要保的；譬如說他是一個公職人員，那便需要他所服務的機關蓋上大印，證明該員確係在那個機關裡服務。手續週密的機關少不得都要經過呈請與核可的程序。如是多找一個保證人，就要多化一兩天時間也說不一定。

現在，辦法改進了：後備軍人出境表上免去了保證人的規定。減去一道重複的保證，實質上保證的效力仍然存在（因爲出境與領護照還是要保證的），但對申請人來說，已經減輕了一項「負擔」。

過去後備軍人出境，申請書要先送到戶籍所在地的區公所，轉呈縣市政府，再轉到主管後備軍人的團管區或師管區司令部。這個步驟常常咸爲最令人「着急」的一個關口，你問區公所，「已經送出去啦。」再問縣市政府，「還沒收到呢。」他們的話都不錯，因爲在發文、收文、編號、登記的過程中，確實可能會有一邊早已發出，一邊尙未收到的情形存在。申請人如果行期迫切，那簡直就會有叫天不應，叫地無靈之苦。

現在，辦法改變了，申請書不再經過區公所與縣市政府，直接送到團管區。經過兵籍查核之後，通常兩天就可以取到同意書。比之過去進步多多。

在整個的行政工作中，出境簡化當然祇算是一件小事，少蓋幾個圖章，少跑兩個衙門，好像算不了甚麼。但這裡面包括一種求新求行的精神。這一制度的改進，在不影響出境管理的原定目標之下，達到了便民的效益；這種精神與做法是值得稱道的。

我們生活在一個從地球往返月球之間只要七八天的時代，要趕得上這個時代，新速實簡是時時不可或忘的要求，出境手續的簡化，是適合時代要求的。

民國五十八年六月二十一日

夏日男裝

每逢夏季，男人的服裝成了一大煩惱。

二十年前剛到臺北時，流行一種上下一色的衣裳，上衣如今之香港衫，敞領長袖；看是不大怎麽好看，但是比較涼快、簡單。那時候，即使像賀新婚、吃喜酒之類的隆重場合，那種打扮照樣通行無阻。

可是，近幾年來工業進步，這個「龍」那個「羚」花樣很多，而且價錢着實便宜，一套料子之所費往往比工錢還低。有人說，食衣住行在臺灣，進步最大的是衣。士農工商，個個西裝。就是普通集會，也非披掛整齊不可。如果要在某些觀光飯店裡吃頓飯，不打領帶不穿上衣，硬是可以「坐大不敬罪」，無論哥哥弟弟，一槪行不得也。

男人和女人一樣，其實也是挺愛美的。但如果爲了美觀就不怕受罪，那爲甚麼要做男人呢？不知道是誰先起的頭，三伏天一定要穿全套的深色西裝，外表瀟洒漂亮，裡面汗出如漿，這不是自己整自己嗎？儘管室內可以裝冷氣機，但畢竟還是攝氏三十五度的地方居多。而且，一出一入一冷一熱之間，「不勝感冒」的機會極多。男人們爲什麼不想想辦法呢？

前些日子，尼克森到馬尼拉，菲律賓的馬可仕總統在機場迎賓，他穿的是菲國的禮服馬龍達嘉洛——半透明的料子上繡了本色花朵的長袖襯衫，下擺放在外面，領口扣上扣子。到了晚上國宴的時候，尼克森入境隨俗，馬上也穿了一件。總統跟總統吃官式的飯都可以那樣打扮，似乎也並沒有人說有甚麼不妥。臺灣並不比菲律賓涼快多少，我們何以就不能規定一種夏令的服裝，寓漂亮於大方、簡便、涼快之中，「遂使天下男士盡歡顏」，該多麼好呢？

以一種形式比較莊重的襯衫式上衣，來代替現在的西裝，「技術」上毫無困難。問題是甚麼人來發揮人智、大仁、大勇的精神，開風氣之先？光是「設計」、「製造」、「銷售」都不够，總得有硬性的規定，說明白「這就是我們臺灣夏天的禮服」，取得合法的根據，然後才能眞正解救這一代可憐的男人。做爲一個男人，我深深感覺男人們在服裝方面「全面革新」的勇氣與智慧，都遠不及女人，所以，非得有點兒外來的移風易俗的人力量推動推動不可。

男人西裝的配件相當嚕囌，譬如那條領帶，可說「全無是處」。一個人處盛夏之際，如果能繫上領帶，歷八小時而面不改色者，我就懷疑這位仁兄生理上是否有點不大正常。爲了粧扮文明紳士，我們付出的代價太高了。

報章雜誌上的時裝專欄，電視上的設計專家，從來很少爲男人的服裝動動腦筋。希望他們能在這方面花一番心思，讓我們有一種正式的、輕便的、涼快的、合乎天時、地利、人和的夏令服裝——「這是外出赴宴、辦公、訪友所穿着的。」那眞是功德無量了。

民國五十八年八月二十二日

新農藥嘉多納

蔬菜問題近來很爲大家關心。報上前些日子發表過官方的報導，說是「蔬菜大多含有殘留農藥」。這件事後來還有下文，一種「善後」的辦法，是勸大家多多洗滌；另一種說法，則是所含農藥成分甚微，「絕對無害健康」。

殘留農藥究竟會不會有害人體健康呢？照專家的說法，則是要看有多少PP，或百萬分之多少。不過，像寒舍就連磅秤都沒有，大概像我家這樣不現代化的家庭爲數還有不少；測定百萬分之幾的本領，我們是沒有的。

幾年前參加一次短期講習，座中有一位曾任某大學農學教授的朋友，大家在同席用膳時，注意到他從來不吃青菜。究其所以，他說，「我除了在家用膳，由內子親自料理之外，青菜是不敢吃的。懂得農藥的厲害，就不必冒這個險了。」他的補救之道是以吃水果代替青菜。也許他「疑心太大」，但我承認我心理上頗受他的影響。

大約半年前，有位專攻植物病蟲害學的教授朋友從美國進修回來。談到如何處理蔬菜，多洗洗泡泡是否有效？她說，洗總比不洗好一點，泡則越泡越糟，溶解在水中的農藥，由於毛細管作用，更會被吸收到蔬菜裡面去。

農藥之爲害，主要是使用者沒有按照正確的方法，或成分太濃，或時間未到，藥力未除，就送上了市場。照目前看，除了一面加强指導使用方法之外，同時更要嚴格執行檢驗。「管理衆人之事」的先生們如果這件事都辦不釐清，豈止無以對國民，也眞無法向自己的太太交帳。

最近看到美國的貝亮化學公司在好幾種世界性的雜誌上刊出了全幅的彩色廣告，宣傳一種新的除蟲藥嘉多納（Gardona）。首先吸引我的，是六種水果蔬菜摻起來的一個六瓣「健康果」；這種五顏六色的果，只是廣告設計家的幻想，實際並不存在；但是，嘉多納却是已經研製成功，開始發售了。

據說，這種殺蟲藥對於蔬菜、橘子、蘋果最爲有效，可以保證免除蟲害。而且，嘉多納專除害蟲，對於益蟲並無影響。最妙的一點是，「無論蔬菜、水果，在噴射二十四小時之後，就可以食用，保證安全。」

如果嘉多納眞有這些好處，不僅對於吃菜的人是一大福音，同時對於某些「急功近利」惟恐賺錢不快的種菜人，也應是一大喜訊。

廣告上的話，難免要七折八扣。不過以貝殼公司這樣的老招牌，照理應不至於信口胡吹得太離譜。嘉多納既然已經在美國上市，我們的農業專家們想必早有更詳細的資料。究竟效果是否有那樣好，價格是否相宜，對我們此地的土壤氣候是否適用，這些都要等專家決定了。

「二十四小時後保證安全」的農藥已經有了，看到這個廣告，令人有看到了一線曙光的感覺——總比叫人「多多洗滌」讓人心安一點吧。

民國五十八年九月二十八日

火車上讀報紙

前些日子去臺中，在火車上有一段小小的遭遇，頗有所感。

我們的「觀光號」對號快車，是相當够水準的：車廂清潔舒適，有冷氣設備，供應茶水毛巾，行車時間很準，也算相當快。但是，也許因爲我是新聞記者的關係，我覺得車上的報紙雜誌不够多，「免費配給制」不能完全滿足旅客的「閱讀慾」。但這個責任不在鐵路局，而在書報雜誌發售的方式不够深入；或換一方面說，我們讀者在旅途中購買報紙雜誌的習慣還不大「上路」。

我們現在的情形是，「觀光號」開車之後，由隨車服務小姐將當日的報紙若干份，送到旅客面前，旅客要看就可以自取；問題是報少人多，坐在前面的旅客還可以有選擇的自由，後面的人便只能觀賞電影廣告或市場行情表。

而且，即使徼倖「配」到一張好看的報紙，由於左右前後有許多人「虎視眈眈」，就彷彿一個捧着一碗熱湯麵的人站在一羣飢民之中，獨樂樂而不與衆樂，那是很殘忍的事情，不得已只好草草脫手，免招衆怒。

外國的情形不是如此，服務再好的火車，車上也並不免費供應報紙，要看就請自己掏錢。在火車上，無論長程短程，旅客手上拿一份報紙者比比皆是。譬如紐約的地下鐵道，從四鄉八鎮穿越市區，上下班的人幾乎人手一報；紐約「每日新聞」是全美國銷路最大的報紙，但常年訂戶所佔比率不多，地下火車上則到處可見，月臺上的廢物桶裡，列車一到常常就裝滿了看過丟棄的報紙。東京的情形亦復如此，單單是火車總站東京驛，一天吞吐旅客八九百萬人次，報紙賣得更多。有些較小的車站，報販就在入口處擺上一張長檯，堆上幾萬份報紙，遇有國內外發生重大新聞的時候，臨時在一張大白紙上寫幾個大標題，以吸引旅客的注意。旅客買報紙的盛況，簡直像蝗蟲一樣一掃而空。在歐洲，因爲國境相鄰甚近，交通便捷，人民知識水準較高，讀報風氣更盛。我曾在日內瓦出發的火車上看到一位旅客，拿着五六份報紙，瑞士人兼通三四種語文者甚多，此公所看報紙，英法德義各國的都有，眞是「秀才不下車，能知天下事」了。（附帶說一句，日內瓦人口不過二十幾萬，但在街頭書報攤上幾乎可以買到西方國家的各種「名報」，堪稱一景。）

出門旅行的人，一來有時間可殺，二來求知之念特別強；一塊五毛錢買一份報不過是三支菸壽烟的代價，讀一份報所得的快樂比抽三支烟大有不同。如今單是臺北火車站每天出入旅客廿五萬人次，除去通學的學生之外，如果有三分之一的人各買一份報看也就很可觀了。

我看，這既不是國民所得的問題，也不是教育水準的問題，而祇是大家觀念沒有變過來，習慣沒有養成。我覺得，所有車站的入口處應該准許設立報攤，就像日本人的辦法也好。以我個人這次出門的感覺爲例，就寧願自己買幾份報紙「一覽無遺」；車上的免費配給我很感激，但是，意有未足焉。

民國五十八年十月五日

「時代」的新印刷廠

新聞報導方式甚多。一般說來，廣播比較迅速，譬如聽颱風警報。電視比較生動，譬如看登陸月球。但最權威而又兼有迅速與生動之妙者還是報紙，像聯招放榜，總要看了報才算數的。但在報紙以外，新聞雜誌仍有其發展之餘地。報紙以二十四小時爲單位，報導的事情難免有支離之感；雜誌則比較完整而有深度——當然這話只適用於辦得最精彩的少數幾份雜誌。

談到新聞雜誌，目前辦得最成功的要算美國的「時代」週刊。「時代」創業已有四十多年的歷史，是這一行中成立最早、銷路最廣、水準最高的代表。在自由世界各國，模倣「時代」的風格而出現的新聞性雜誌何止數十種。直到今天，還沒有一本比得上「時代」的。

亨利·魯斯當年創業，「時代」印兩萬五千本，現在已經成爲一個全球性的事業，最近十年來的發展尤爲驚人。一九五九年，「時代」每期的銷路接近三百萬份，十年後的今天，已經增加到五百三十萬份。經營這樣一本出版物着實不容易，單以印刷和發行而言就包括許多的問題。

一九五九年時，「時代」在美國國內有五個印刷廠，在國外有兩處。現在則已增加到十五處印刷與發行中心。在美國有七處，分設在芝加哥、洛杉磯、華盛頓、大西洋城、達拉斯、康州的老賽布魯克，和紐約州的首府阿班尼，把美國東西南北中各地區都照顧到了。在國外有八處，分設在巴黎、倫敦、東京、澳洲的墨爾鉢、加拿大的蒙特里爾、中南美的巴拿馬城、紐西蘭的奧克蘭，以及最近在香港成立的新廠。「時代」公司已有具體計劃，明年初還要在加拿大的溫哥華設立第十六個印刷廠。到那時他們的銷路將達到五百六十萬份。

過去十五年來，「時代」的亞洲版在東京印刷，再由航空分銷東南亞各地，亞洲版所銷行的地區，最遠的距東京四千哩以上。近年因爲東南亞各地需求增加，乃有香港印刷廠的設立。八月初成立的這個廠每週將印十萬份以上。

一九六九年一至六月份，「時代」八十五個版增加了三十萬份銷路；銷路增加也就帶來了大量的廣告。這半年內的收益達到六千零七十萬美元，或新臺幣二十四億二千八百萬元。比一九六八年同期增加了百分之十點五。

我之所以介紹這些數字，乃在使讀者瞭解，每期不過八九十頁的一本雜誌，只要辦得好，就可以成爲全球性的企業。即使在美國新聞事業那樣發達的國家，新聞雜誌仍可獨樹一幟，成爲一大力量。

同時，由於「時代」在香港設廠，對於我國印刷界也應有刺激的作用。我們過去太注重「價廉」而忽視「物美」，對於高水準的印刷品就「接」不下來了。我們的物價穩定，工資不高，具有有利的競爭條件；技術水準如果能夠提高，設備如果能夠配合，許多西方國家的書刊可以在臺北出版，則不僅可以爭取外滙，而且也是很好的文化合作，這是值得注意的。

民國五十八年八月十七日

捷克人的血淚之作

時光荏苒，捷克的自由化運動被蘇俄的大砲坦克所摧殘，所壓制，已經整整一年了。表面上看，俄國的武力勝利了，捷克人失敗了。但實際上的情形不盡如此；從長遠處看，武力同時也摧毀了共產主義殘餘的任何「魅力」。蘇俄的行動，不僅爲自由世界所鄙棄憤慨，在共產陣營內部也引起了根本的動搖。羅馬尼亞朝野破天荒熱烈歡迎一個美國總統的入境訪問，是政治上的一個例子；俄國作家庫茲湼佐夫投奔自由以抗議莫斯科的侵略捷克，是文化上的一個例子。

去年此日，我曾介紹捷克作家「紅色漢明威」穆納谷其人，與「權力的滋味」其書。今年春天，當俄捷的政治鬪爭白熱化的時候，我開始翻譯這本小說。現在，這本全文十八章三百多頁的長篇，已經由「純文學」連載完畢，九月初出版單行本。捷克乃至東歐作家的作品，過去譯介爲中文者絕少。像穆納谷這樣本身是捷共「中央委員」而能如此嚴正深刻地透過文藝創作爲共產黨寫下了罪狀判決書，更是過去所未見的。作爲一個中國人，一個崇尙自由、反對共產的知識份子，我不自量力地翻譯了這本書，是爲了向捷克人的勇氣致敬，也爲了向全世界所有熱愛自由，不爲暴力所屈的人致敬。

這本小說，以一個攝影記者佛蘭克爲主要敍述者；書中的主角是捷共政權中的一個極重要頭目。佛蘭克和他是從小在一起長大的朋友，這個獨人兼暴君的一生事跡，構成這本小說的經線。佛蘭克——也就是作者穆納谷本人，如剝繭抽絲一般地將他的種種罪行描寫出來。誠如作者自己所說的，他所要攻擊的不是一個人，而是產生這個人的整個制度——極權的共產主義。

在全書將近結尾時，作者透過佛蘭克的思路，提出了許多尖銳的問題。「從前，你是一個幸福的人，權力可曾增加那種幸福？或者它曾給予你一些別的東西，一些更爲深刻的東西？」「你眞的愛過嗎？女人可曾眞的愛過你？你愛那個金髮的美女嗎？也許愛吧，但那種愛維持了好久？」「工作能使你幸福嗎？你是否在內心中有一種完成的樂趣？但，究竟你的成就是什麼呢？」「今天，人們仍然樂於爲了聲名、人望、或曰我宣傳而不惜一切。名望乃是不朽者的特權，它可以使任何一個自以爲與衆不同的人爲之着魔。但是，你的名望又算得了什麼？如果你最近兩三天曾在大街上散步，你就會明白人們對你的想法，用不着我多說了。」

作者一面暴露了共產國家裡大人物的貪暴、荒淫與愚昧，一面寫出了老百姓「不敢言而敢怒」的心情。

「告訴我，睡臥在死亡中的人啊——你抓在手中的種種權力，究竟有什麼滋味？」作者沒有提出答案，但「權力的滋味」也就是最明確、最有力的答案。穆納谷的血淚之作，不僅是歷史性的控訴，也是黎明之前的吶喊，爲人性的尊嚴作證，爲獨裁的必敗作證。

民國五十八年九月一日

罵人的專欄作家

在民主社會中，報紙上的專欄作家是一種「力量」。他的報導、見解與分析，透過報紙的廣大銷路，經常與千千萬萬人相見。他的意見並不等於輿論；然而，他的筆、他的頭腦心智，却是形成輿論最有力的因素之一。專欄作家好似社會心理學和輿論學中所講的「集團領袖」（Group Leader），但他所屬的集團是看不見的，不定形的；他的讀者有多少人，這個集團也就有多大；他的意見雖不一定爲全體讀者普遍同意，但其影響力却不容忽視。這是專欄作家的安慰，也是他的責任。他應該時時惕勵，善盡責任，而不可濫用權力。

六月廿四日，美國名專欄作家白格勒（Westbrook Pegler）因癌症逝世，享年七十四歲。近三年來，他因臥病在阿利桑納州的杜克森城休養。雖然他生前是新聞界最有名氣的人物之一，身後却只有極少的幾家報紙在評論中提到他的死，可謂寂寞淒涼。

白格勒的父親是英國人，早年移美定居，一度也從事新聞工作。白格勒在明尼阿波利斯城出生，中學尙未讀完就出外謀生。他十六歲時在合衆社當工友，週薪十元，是他踏入新聞工作之始。第一次大戰期間，白格勒在海軍服役，戰後回合衆社，不久轉入「芝加哥論壇報」寫體育專欄。早在一九二九年時，他的年薪已達二萬五千元。一九三三年，斯克利普斯・霍華德報團聘請他寫一般性的專欄，一直寫了十二年之久。當白格勒轉入赫斯特系統所屬的「金氏資料供應社」時，每年薪酬達九萬美元以上。對一個沒有讀過大學，全憑自修靠賣文謀生的人來說，這是前所罕見的「異數」。

當白格勒聲名最盛之時，他的專欄同時在一百八十六家報紙上發表，擁有讀者一千二百萬人。一九四一年，他揭發紐約工會頭目史卡萊斯種種不法，贏得了普利玆新聞獎；被他揭發的史某則因之坐牢。

白格勒富有捷才，捧他的人說他：「筆挾風雷之勢，是近三十年來美國新聞界人物中寫作最富技巧的人。」任何題目到了他的筆下都有極高的可讀性，「他可以寫成八十個字組成的長句，讀來仍令人有一氣呵成，眉目分明之感。」

可是，作爲一個專欄作家，單靠文筆是不够的。白格勒的缺點是文勝於質，有寫作技巧而缺乏思想內容。他的專欄中經常指名道姓的罵人。譬如他指責前紐約市長拉加地亞，「是國際共黨的小工頭」。羅斯福夫人是「大嘴多言」。羅斯福總統則是「心靈脆弱的元首」。元首（Fuhrer）這個字是由德文借來的，當時本是希特勒的專用頭銜。當有人謀刺羅斯福而誤中副車時，白格勒竟然在專欄中公開表示「遺憾」。這種「憎恨」的態度，超出了新聞記者知人論事的本格。

不過，造成白格勒晚年落魄的原因，並不是因爲他不斷辱罵自羅斯福、杜魯門以至艾森豪等國家元首，而是由於他用不實的指控，誹謗了一個新聞同業，由是而一敗塗地，以至悒鬱而終。

民國五十八年七月十一日

那一場文字官司

白格勒失足的一仗，是他在一篇專欄中猛烈攻擊當時新聞界另一位名人雷諾茲（Quentin Reynolds）。雷諾茲是記者兼作家，二次大戰時遍歷歐洲中東各戰場。他在倫敦時為英國廣播公司所做的廣播評論，受到廣大的讚美。據英國當時的民意測驗，雷諾茲的「人望」僅次於英王和邱吉爾首相。

雷諾茲與白格勒之間衝突之起，據說是為了雷氏在一篇書評中，對白格勒有些譏評。白格勒雖然經常罵人，卻無接受批評之量，乃在專欄中大肆攻訐，形成一樁嚴重的誹謗官司。

白格勒對雷諾茲的攻擊，兼及公私生活。他說，雷諾茲「是一個不曾親臨戰地，而躲在軍艦上發電報的戰地特派員」；「是發國難財而暴富的人」；「大腹便便，裡面卻沒有一點膽汁」。

他除了指責雷諾茲職業生活中所贏得的聲譽都是「欺騙」之外，更猛烈地抨擊他的私德，其中最荒唐的一段說，「雷諾茲主持一個天體營，男男女女，不分黑白膚色，居然一絲不掛在大路上走來走去。」

那篇專欄中，共有十五處構成嚴重誹謗。但由於一百八十六家報紙同時刊出，使得雷諾茲最要好的朋友也不免生疑。雷諾茲本是柯里爾雜誌的主筆，十七年間曾寫過三百卅篇專欄；由於白格勒的辱罵，柯里爾與雷諾茲的關係中斷了；他在廣播電視的合約也都立即停止。在一般讀者、聽衆、觀衆的心目中，雷諾茲成了一個行止怪誕、不堪聞問的人。

雷諾茲被逼得無路可走，乃延聘名律師尼澤爾（Louis Nizer）訴之於法，與白格勒周旋到底。

尼澤爾於一九六一年出版「法庭生活回憶錄」，第一章講的便是雷諾茲控訴白格勒一案，十分精彩，佔全書篇幅五分之二。我在一九六三年底買了一本，當時已是第十四次版，可見其風行之盛與流傳之廣了。

尼澤爾爲了打這場官司，所搜集的證據與文件，在一萬一千頁以上。譬如說，爲了駁斥白格勒的不實指控，尼澤爾曾遠赴英倫，找到了蒙巴頓勳爵等重要將領，以書面證明雷諾茲在戰時是如何負責盡職，不避艱危。針對白格勒每一句話都找到了具體的反證。

最妙的是，尼澤爾曾在法庭上宣讀一些片斷的文句，讓白格勒當堂加以評斷。白格勒說，「這都是共產黨徒寫的東西。」結果呢，原來竟是他自己在一九三〇年代發表的作品。

官司一直打到聯邦大理院，白格勒終於敗訴，雷諾茲贏得十七萬五千零一元的賠償，這筆錢是由赫斯特公司出的。

此後，白格勒的聲譽一落千丈，他的專欄在發出之前，赫斯特的編輯人員們要用紅藍鉛筆改之又改。一九六二年他被赫斯特解聘後，爲極右派的約翰•波契社的刊物「美國輿論」寫稿。他的許多高見，連這個刊物都嫌太「偏」了。有人說，白格勒本質並不壞，他之信口罵人，多半由於他缺乏良好教育的自卑感使然。

白格勒以罵人而出名，也以罵人而自毀於公衆之前。從事筆墨生涯的人可不愼諸！

民國五十八年七月十二日

這是反人權

聯合國成立的基本目標之一，是在保障人權，增進人類的福祉。聯合國的「人權宣言」，到去年十二月十日整整二十週年了。可是，在世界依然分裂為民主與共產兩個陣營的今天，鐵幕之中的人民，基本自由與權利皆無絲毫保障，「人權宣言」之於共產集團的人民，仍不過是一紙具文，「保障」云云，根本談不到。

可是，聯合國組織本身做了一件相當荒唐的事。其事看起來雖然微不足道，但也足以反映出這個世界機構本身的眞偽莫辨，是非不明。

聯合國教育科學文化組織（UNESCO），一般簡稱爲教科文組織或文教組織，總部設在巴黎；過去對於促進國際間教科文的合作，做過許多工作。這個組織的出版物，具有學術價值者不少；尤其具有全球性的統計調查，向來頗受重視。今年五月十五日，這個組織出版了一本五百九十一頁的書，題爲「人的天賦權利」，其中收錄了很多古往今來與保障人權有關的「名言」。有的是摘自經典文獻，有的則取自某些名人的著述之中。

在經典方面，節錄自聖經「新約」者八條，猶太教「塔瑪德經」者十一條，伊斯蘭教「可蘭經」十五條，聖經「舊約」最多，有三十條。

在個人的意見方面，問題來了。最多的是印度的「聖雄」甘地語錄，有十九條。這且不去說它。次多數的竟是共產黨的魔頭馬克斯，十五條。美國國父華盛頓，與第一次大戰之後力倡「民族自決」的威爾森總統，各有兩條。開國元勳而且是奠定美國民主體制極有貢獻的傑佛遜，與惟一蟬聯四任總統的羅斯福，則各僅佔一條。換句話說，美國這四位傑出總統的「名言」，加在一起還沒有馬克斯的話一半那麼多。

這本書引述了美國的「獨立宣言」中的話，「世人皆生而平等。」但它也引述了「共產黨宣言」，「勞動者都是資產階級的奴隸。」

這樣一本顚倒黑白、混淆是非的書，如果出諸共產黨或其同路人之手，我們一點兒也不必感覺驚異；因爲這種手法本來便是他們一貫的技倆。但是，這是由聯合國教科文組織堂而皇之出版，而且是爲了紀念「人權宣言」二十週年而出版的書。我們實在難安緘默。中華民國向聯合國繳納會費，不是爲了叫他們去宣傳馬克斯的「人權思想」的。

馬克斯祇懂得階級鬪爭，祇講究無產階級專政，他有什麼「人權」觀念？聯合國教科文組織的官員們行事糊塗到這種地步，這就是「反人權」。如果這樣子宣揚人權運動，眞不知將伊於胡底？聯合國成立的理想，是建立一座講道理的「論壇」。如果照這本書的去取標準，四個美國總統也沒有一個馬克斯講得多，講得響，那還談什麼民主、自由、人權？

聯合國的會員國應該要求澈查這件事，尤其是以反共產爭自由爲國策的中華民國。

民國五十八年五月二十五日

平凡中的偉大

艾森豪將軍逝世了。他的蓋世功勳與他那有名的笑容，將長存於世人的心版。古往今來，歷史上帝王將相多矣，能夠眞正贏得如艾森豪這樣英雄與偉人之評價者還不多見。卽以二十世紀以來的美國總統而言，人望之高亦鮮有其匹。甘迺廸、詹森無論矣，卽才識淵雅如威爾遜，智術縱橫如羅斯福，方其名滿天下之日，也正是譽謗交集之時。他們從不曾贏得美國人民 I like Ike 那樣的衷心愛戴。尼克森總統誄辭中說，「近八年來，艾森豪從未指揮一兵一卒，也未擔任任何公職，但他一直是世界上功業最彪炳，最受敬愛的人。」他之受人敬愛，與其說是由於他的勳名權位，不如說是由於他的人格。

艾森豪是一位傑出的政治家，但他更是一位偉大的將才。細數美國近世的軍事領袖，麥克阿瑟與艾森豪的才識功業實在伯仲之間，但他們代表兩種不同的典型。麥帥英姿早發，三十幾歲已經名滿天下；當他出任駐菲總督開府馬尼拉之時，艾森豪還不過幕中一名中校參謀而已。麥帥也許正因雄才大略，青雲得意，遂不免予人以恃才傲物，崖岸自高之感。論者認爲，麥帥乃是將領中之將領，軍人中之純軍人，但却不宜於從政。

艾森豪則不然；他雖屈居下僚，鬱鬱不得志者多年，但能謙恭自守，深自韜晦，一旦膺方面之重寄，即能施展抱負，發揮才華。二次大戰期間，歐亞兩戰場的局勢同其艱難，但艾森豪的調合折衷，善於命將，則爲當代史家所豔稱。拿破崙曾說過，國際性的聯軍乃是戰場上最弱的部隊。艾森豪當時指揮九個國家執戈帶甲之士達三百萬人，而能和衷共濟，克敵致果，扶傾濟絕，建不世之功，事豈偶然哉？

艾森豪不僅是一個叱吒風雲的人物，而且沉着果斷，休休有容，謙光和德，深藏若虛，他之得人心者在此。在進入白宮之後，對杜勒斯國務卿推心置腹，定策決疑，悉以委之，這是他「善於將將」的原則之高度發揮。「君相之間，如魚得水」，在美國史上也算是很少見的例子。

艾森豪的偉大，可說是平凡中的偉大。所以大多數平凡人覺得他不僅可敬，而且可親，他那V形手勢與坦然大笑，在美國竟成了一種不可抗拒的政治魔力。

在身後遺言中，艾森豪說，「我一直愛我的妻子，我一直愛我的子女，我一直愛我的孫兒，我一直愛我的國家。」樸直誠懇，毫無「作偉人狀」的口吻；先身家妻子而後國家，論「境界」不能謂爲甚高，但這也正是普天之下平凡人的心懷。寥寥數語，自有風格，言其所信，心口如一，又豈是眞正的平凡人能說、肯說、敢說的呢？我讚美的不完全是他那幾句話，而是他說那幾句話的勇氣與誠意。他的平凡在此，他的偉大也在此。

民國五十八年四月四日

安格紐痛斥反戰派

政治舞台上的人物，可以分爲兩種：一種是政客，一種是政治家，政客常有而政治家不常有；這兩種人的分野並不全在學識才具的高下，主要的是要看其氣質與抱負。一個政治家無論其地位權勢之高下，乃至成敗得失如何，最要緊的是能行其所是，言其所信，一心一德，貫徹始終。他既不譁世取寵，更不曲世阿俗；考驗一個政治人物的試金石，首先要看他是否能說眞話，是否敢說眞話。

美國反越戰的浪潮近來日益「升高」，一方面是民心厭戰，一方面也由於左翼份子的推波助瀾，使美國出現了形形色色的抗議示威活動，親者痛而仇者快。大多數美國人民並不支持那些過度放縱的行動，但大多數美國人雖憤慨塡膺却沒有站出來講話——於是而成爲「被遺忘的」、「

沉默」的一代。

美國副總統安格紐是一個有勇氣有魄力的角色。雖然他明知道「現在來談愛國精神，並不受人歡迎。」但仍挺身而出，對那些如中風狂走一般的激烈份子展開了嚴正的撻伐。

安格紐最動人的一段話，是他讚美那些從越南戰場上百戰生還的將士，「他們斷腿殘目，渾身傷痕累累，他們的傷痕將與他們的生命同其始終。」而那些搖着敵人旗幟吶喊呼號的人，乃是「生來的失敗者」。他呼籲美國人民對這兩種人要劃清界線：紅色的疤痕代表榮譽，紅色的旗幟代表屈辱。

他在一篇文章裡，又嚴正地譴斥了藉口不服從政府以及種族糾紛而形成的種種反戰行爲，他說，「抗議示威總是消極的，」於國家無補。而反戰派「刺激國民情緒的種種手法」，更是傷害美國的利益。

美國新聞總署最近攝製了一部十五分鐘的新聞短片「沉默的大多數」，分送全球一百零四個國家去放映，用具體的事實說明美國大多數人民都支持尼克森總統的越南政策。這部短片的主題是要讓各國觀衆能够瞭解，在美國，「叫得最響的並不是惟一値得聽取的聲音。」在反戰份子的叫囂之外，還有那沉默的大多數。

美國郵務總長布隆特最近曾到越南戰場視察，回到美國之後說，國內的示威抗議，大大鼓勵了共黨繼續打下去的氣燄，他很沉痛地說，「街頭示威的確造成了殺害美國子弟的後果。」

政府官員們在大聲疾呼，提出警告之外，並且也逐漸開始採取法律措施來對付暴亂份子。司法部的副檢察長柯連登斯特最近主動發表新聞說，司法部已經決定，對於十一月十三日反戰示威的首惡份子將進行調查。這幾個人屬於一個所謂「結束越南戰事新動員委員會」的極端左傾的團體，如果查明他們確有觸犯聯邦反顚覆法的行爲，便將依法予以懲處制裁。

華府的這些動向，使自由世界的人對美國政府的決心增進了瞭解，對於美國人民的智慧也提高了一點信心。下個月卽將到中華民國訪問的安格紐副總統，本乎謀國之忠誠，發乎正義之宏論，不計個人一時的小得小失，不愧爲一個敢做敢當，有勇氣有抱負的政治家。

民國五十八年十二月七日

去年的那一個

最近讀到一則與青年有關的笑話，很有趣味。

講這個笑話的人，是甘迺廸總統的特別助理沙倫森（Theodore Sorensen），此人才思綿密，健筆能文，不僅是甘氏「智囊團」中的要角，而且是甘氏重要講辭與文告的撰稿人，像一九六一年甘迺廸就職演說中的警句：「不要問國家能爲你們做什麼，要問你們能爲國家做什麼。」據說就出自此君的手筆。他在詹森繼任總統之後不久辭職，寫過一本甘迺廸的傳記，成爲十大暢銷書的首位。

沙倫森講的故事大致如此：他自己和另外九個青年人，同被選爲某一年的「全美十大傑出青年」，前往參加頒奬典禮。那次典禮中，請到了尼克森發表主題演說。

當尼克森快要登台演說的時候，有一個茶房竟將他請到旁邊去絮談不休，而且口口聲聲稱呼這位曾任副總統的貴賓爲「狄克」。尼克森的名字是「李察」（Richard），照美國人的習慣祗有極親近的人才可以喊他一聲「狄克」（Dick），沙倫森估不透這位茶房的來路，就問尼克森，「這是什麼人？」尼克森的回答很妙，「噢，他是去年的十大傑出青年之一。」

這個笑話未必眞有其事，但却十分生動傳神。那位去年的「傑出青年」自以爲與衆不同的神情，被描寫得躍然紙上，如聞其聲。

但我覺得這個故事有其嚴肅一面的含義，不止乎一笑而已。當然，在一個民主社會裡，總統助理未必就高貴，茶房也未必就卑微。問題就在於做了茶房之時，便應該嚴守茶房的分際，要在服務賓客上表現出他的傑出，而不必一定要喊幾聲「狄克」來自高身分，否則卽適足以自暴其「淺」。

時代在進步中，青年是要上進的。但是，上進的意義，與其說是向上爬，不如說是把本身的工作做得更好。守住自己眼前的崗位，全心全力以赴，能够做得比別人都好，又能不斷地研究發展，精益求精，這就是眞正的進步。

時代朝前發展，青年的目光也應該朝前看。心理學家們分析，一個人如果常常懷戀過去，生活在回憶之中，便是衰老的徵兆。青年之可貴，就在於不計過去的榮辱成敗，仍能够鼓起勇氣來，去克服更大的困難，去追求更大的成功。

天下的父母師長，皆愛護其子弟後輩，國家與民族更寄望於青年的一代去創造更光明、更燦爛的明天。青年人要常保積極奮發的精神，要時時以敦品力學深自惕勵，要能以奉獻的情懷爲人羣服務，不要沾染暮氣，變成一個徒存笑柄的「去年的那一個青年」。

民國五十八年四月十二日

穆士基行情看漲

兩個人登陸月球是重大新聞，兩個人乘車掉在水池子裡去也是重大新聞，因爲那兩個人之中，一個綺年玉貌的女秘書被淹死了。活回來的那個青年，是本來似乎已經註定遲早要做一回美國總統的愛德華・甘迺迪。

政治是冷酷無情的事。小甘的「自行失足落水」，是他個人政治生涯中的悲劇，也使得美國民主黨一時陷於羣龍無首的地步。一九七二年的大選雖然距今還有三年，但要重新培養一個黨的領袖和總統候選人，時機已經很迫切了。

根據專欄作家艾索普（Stewart Alsop）的分析，民主黨內目前實在還沒有一個能够號召全黨而爲各方翕從的人物。

先說韓福瑞。他曾任副總統，又是上屆大選的總統候選人，論資歷與尼克森相當。但他並沒有深厚的實力。上次若非羅勃．甘迺迪被刺殞命，韓福瑞是否能贏得提名都成問題。艾索普已經把他與已故的史蒂文森相提並論。他說，韓福瑞目前仍是美國政治圈中兩三位最受人敬愛的人物之一。但是，沒有人再認爲他是一個能够逐鹿總統大位的實力派了。

另外有三位參議員，去年曾爭取過提名。一是麥高文。他是最接近甘派的。但不久之前，他跑到巴黎去，與北越共黨代表私相談商達十小時。回美之後，就不斷根據共黨方面的條件大放厥詞。這一來就無異自絕於白宮之路。在美國史上，沒有一個大黨敢於提名一個投降派來做總統候選人的。

再一位是文質彬彬的馬加錫，此人一度是青年偶像，風靡了各大學青年男女，有許多嬉皮式的學生爲了追隨他而把鬍子剃掉。但他的政見越來越左，最近又與他的太太分居；以一個天主教徒的身分來說，這都對他大爲不利。

因此，便剩下了緬因州參議員，韓福瑞的競選夥伴穆士基，艾索普認爲他是目前希望最濃的民主黨新領袖。穆士基長身玉立，丰采翩翩，爲人冷靜沈着，人望甚佳。他是個沒有甚麼經濟基礎的人，除了參議員的薪俸之外，他上年講學收入六萬元，寫了一本書得十萬元。這一點錢要用來競選總統，差得太遠。可是，在小甘翻車事件之後，支持民主黨的人都要在穆士基的名下投資下注，財源就沒有問題了。

穆士基預料，到一九七二年尼克森可能會面臨危局。通貨膨脹，經濟蕭條，都可能發生。更重要的是，如果越戰獲得「不光榮的解決」，尼克森政府就會陷於四面楚歌之境。雖然民主黨的主流派大都是傾向於早日和解的，但他們仍可以在野之身來攻擊尼克森。穆士基說，民主黨內雖以鴿派佔上風，但美國人民却是很有傲骨的，他們絕不願屈居下風。所以，越戰如何結束，能否結束，仍將影響下屆的大選。

有一位民主黨的高級謀士說，「翻車事件已經使得最後一位甘迺迪永遠不可能入主白宮，尼克森等於是保了險，一定可以連任八年。」無論如何，穆士基還是一個值得注意的人物。

民國五十八年八月九日

賈桂琳的眞面目

「賈桂琳的眞面目」一書，在十月下旬的美國書籍市場上，一度躍居「非小說類」十大暢銷書的第一位。書中主角就是美國故總統的遺孀賈桂琳・甘迺迪夫人。作者瑪莉・嘉拉菲太太（Mary B. Gallagher）便是她的私人女秘書。

賈桂琳的半生，可說極盡戲劇性之能事；年方卅便成爲美國的第一夫人，夫婿是美國史上最年輕的總統，貴而且富，膝下兒女成行，她本人則風華絕代，名傾全球，一顰一笑，世人皆仰望如神仙中人。可是甘迺迪不幸遇刺殞命，賈桂琳由最被人羨慕的女性，一變而成爲最令人同情的未亡人。當她再嫁給希臘的船業大王歐納西斯之時，又曾引起議論紛紛；一般的反應不免有卿本佳人，何至委身於此傖夫俗子的惋嘆。

「眞面目」全書分四章四十二節，始於作者爲甘迺迪工作，當時甘迺迪還是參議員；結束於甘氏被刺，她離開白宮。此書筆調小平，不過因爲作者出入白宮，所見所聞，皆是外間無從想像的秘聞，因而甫經出版，立卽哄動。

作者說，賈桂琳「生來和以後的教養，都是要使她承擔一個女王的角色。」民間的賢妻良母閨閣儀範，是她所沒有的。

在此書中，賈桂琳雖然外貌高雅溫存，但却沒有甚麼朋友；她不喜歡政治活動；她本人並沒有像傳說中那樣的藝術才能，她的才能無非表現在佈置白宮、收買名畫、化粧和買新衣裳。至於她的性格呢？「她聰明絕頂，總是爲自己的生活打算，總是往前看。我相信，她自稱孤獨，可以使她得到她眞正希望的一切。我記得，她常因聰明過度而反受其害，可是她從不天眞。」

寫得最生動可能也是最有趣的，是賈桂琳的奢侈浮華。她揮金似土，毫無節制，一九六二年她的家用開支是美金十二萬一千四百六十一元六角一分，當時美國總統的年薪不過十萬元。她主要的開支是衣服、食物與酒。她每個月花在孩子們身上的費用是三百元；可是白宮裡養的動物開支近一千五百元。甘迺迪氣得要親自管理她的賬目，可是並沒有甚麼效果。

她對於小事情也很注意，譬如烟灰缸都要與房間的色澤配合。她穿的玻璃絲襪都必須燙過。

她爲了要買一個十八世紀的旭日形髮飾，竟把她丈夫給她的聖誕禮物、公公給她的結婚禮物，和巴西政府所贈的綠玉等一起脫手，折價之後又加上一筆現金。

可是，賈桂琳也有她的節流計劃。她下令說，在正式午宴上，每位客人祇能喝兩杯酒。又告訴送酒的僕役，「把還有殘酒但沒有口紅印的酒杯斟滿，再送給別的客人。」

賈桂琳曾稱作者爲「唯一的好朋友」；所以，「眞面目」的問世，未免有人情如紙薄之憾。不過，由此書的種種描寫，可以使人瞭解賈桂琳何以非嫁給歐納西斯那樣的人不可了。

「賈桂琳的眞面目」，已有中譯本，王新容譯，東方與西方社出版。校印不甚精，但仍屬有趣的讀物。

民國五十八年十一月九日

貶值的英雄

法國總統戴高樂宣佈辭職，引起了世人的注目，大家對這個問題的關切，與其說是重視法國總統的進退，不如說是對於戴高樂這個人物感到興趣所佔的成份居多。

無論喜歡不喜歡他，戴高樂總得算是現代史上的一個人物。他的崛起與退隱都是同樣的富有戲劇性。他自始就是一個很努力要做成「英雄」的人；可惜英雄是「做」不成的。戴高樂正如法國的法郎一樣，是一個早已就貶值了的英雄。法國承認中共一事，最足以說明他是一個不重原則的人。

關於戴高樂的笑話甚多；有一個笑話說，戴高樂的心好像是巴黎的羅浮宮，「裡面陳列的都是歷史上的戰爭名畫，每一次戰爭最後都是法國打了勝仗。」這雖然可以顯示戴高樂的愛國熱誠，但也可以看出他的誇大倨傲，崖岸自高。

戴高樂曾說過，「我越是與人交往，就越是發現我更喜歡狗。」正由於他這樣「罵盡蒼生」，也就有人要對他回馬一槍。有人問法國作家夏普斯，對戴高樂的觀感如何？夏普斯很幽默地說：「在我看來，天下並無戴高樂。因爲我是一個無神論者。」

法國是西方老牌的民主國家之一，法國大革命（一七八九年）雖然比美國的獨立革命（一七七六年）遲了十三年，但是美國人從革命到建國，有很多地方都受到法國民權思想的影響。很奇怪的是，戴高樂並不甚尊重這一傳統，他與法國新聞界的關係，相當的不友好。他的作風之怪異，有些地方似乎出於常情之外。

早在一八八一年，法國國民議會曾制訂一條法律，規定凡是對法國總統有不敬者，應受到懲罰。這本是各國法律上爲維護元首尊嚴所必有的規定。根據當時的法國憲法，總統只是名義上的元首，並無行政上的權力與責任，所以也就很少成爲民間輿論臧否的對象。從那條法律成立之後七十七年之間，一共只引用過九次。但是，從戴高樂一九五九年東山再起之後，情形爲之大變。

戴高樂不僅是元首，更一手總攬實際的行政權；事情管得多就難免招致批評，而批評的意見之中，有的正確，有的錯誤，有的溫和，有的激烈。戴高樂對於這些意見是不大肯聽的。他的方法就是援引一八八一年的那條法律，從一九五九年到去年年底，法國根據這條法律來「辦人」，已經有三百五十次了。報章雜誌上的評論文章，如果「坐不敬罪」，量刑可以判到一年以下的有期徒刑，罰款則可以高到兩萬美元。前不久有一位曾經擔任過部長級官員的樂瑪瑞老先生，高齡九十有二，因為寫文章講到二次大戰期間，戴高樂領導「自由法蘭西」抗敵軍，攻擊與納粹合作的維琪政權戍守北非的部隊。那一段經過當代史家都認為確有其事，可是為戴高樂所不喜，樂瑪瑞就被判了罪。

這類事情使戴高樂頗失民望。所以，這一次他離職而去，法國新聞界並沒有在評論或報導中給以英雄式的歡送。法國議員們已經在醞釀，對一八八一年那條法律的適用要有所限制了。

民國五十八年五月十一日

韓國來的女作家

韓國小說家鄭然喜女士日前到臺北訪問。王藍兄爲了稍盡地主之誼，臨時約了幾位文藝界的朋友小敍。韓國與我們同屬亞洲自由戰線上的一員，中韓之間交往密切，但在文藝界的往還似乎還不够多。從鄭女士那兒，我們聽到了一些韓國文藝界的動態。

鄭然喜是漢城梨花女子大學的畢業生，一直是寫小說的。她最近完成的新作「石女」，是以現代女性的感觸與苦悶爲主題的。這是一本傾向於心理分析的小說，不以「暴露」爲能事。據作者告訴我們，這本書已經拍攝電影，預定在今年十月間放映。

當然，一本小說，特別是著重心理分析的小說，不是三言兩語就可以交代清楚的。關於「石女」的涵義，韓文與中文大致相同，鄭女士說，她這本小說的主旨，是要描繪現代東方女性的遭際，與若干世紀之前並沒有根本上的不同。男女仍然不平等，尤其以婚姻關係上爲然。因此，她們是精神上的「石女」。

在沒有拜讀全書之前，自然無法對它加以評論。不過，我有這樣一個印象：韓國文藝界對待這一類問題，態度遠比我們勇敢。譬如第十五屆亞洲影展中，贏得最佳女主角的韓國金芝美，主演「弱者，你的名字是女人」一片，劇本就是很嚴肅地處理由弗洛伊德所揭示出來的問題；而其故事顯然是受了勞倫斯的「查泰萊夫人的情人」之影響。是惹人深思的Provocative。

男女之間的性與愛的關係，是人生基本問題之一。我們對此的態度是「防疫式」的；雖然很衛生，但未必很健康。

鄭女士人很爽朗，談吐很文雅，但並非一味的唯唯諾諾。在她與我們交談時，我們所提出的某些說明，她大都表示滿意；也有些答案她似乎不盡以爲然，就說，「是那麼簡單嗎？」有些話，她表達得非常委婉；譬如說，她是第一次來臺北，她心中認爲臺北應該是十分「戰時化」的。臺北的繁華熱鬧，使她大感意外。這話使我們可能有兩種反應：一種是爲了我們的經濟進步，社會繁榮而感到自豪。另一種呢，我們應當爲「生活脫離戰鬪」而有所愧怍。我的感覺是兩種滋味兼有，再往深處想想，有點兒「不是滋味」。

附帶有一點應該說明的是，鄭女士此次到臺北，是她環球旅行的第二站。她將由馬尼拉、雅加達、吉隆坡、曼谷，轉往歐洲；然後再橫跨北美大陸返回韓國。她的這次壯遊，乃是應漢城的「京鄉新聞」敦請支援而成行的。「京鄉新聞」是韓國民營報業中規模最大的一家，近年曾數度敦聘名作家做類似的訪問。作家此行的一切開支，全由報社負擔；作家的義務則是忠實地寫出他到各國訪問考察的觀感，交由該報連載。其著眼點不是純然新聞性的，而是文藝的、文化的、知與情的反映。

韓國各方面的表現，都頗有朝氣，不止派兵援越或者「經濟企劃院」而已。我們新聞界近年來有很多的進步，但以向高度文化的努力而言，似乎視「京鄉新聞」禮聘作家環遊世界的辦法猶有未及。我們沒有那樣做過，甚至也還不曾那樣想過。

民國五十八年九月五日

常將有日思無日

由儉入奢易，由奢入儉難，這是古今中外不易之理。最近讀到一則外國的故事，頗值玩味。其實，不應說是故事，因爲這是眞人實事，其主角至今猶健在人間。

自二次大戰末期開始，世人都習用「原子時代」這個名詞；而發展原子武器需要鈾爲主要的原料。一九五二年，美國有一個卅一歲的地質工作者斯蒂恩（Charles A. Steen），在西部猶他州的平原上發現了鈾礦苗。據他說，那是北美洲已經發現而尙未開採的鈾礦中最大的。當時，很多人嘲笑他癡人說夢；但後來證明他的推斷是對的，那座定名爲「我的生命」的礦藏，蘊藏量價値六千萬美元。

斯蒂恩出身淸寒，當初他在風吹日晒的野地中勘測礦藏時，一共祗有六百塊錢的本錢，是以

「如有採獲，利益均霑」的條件向朋友籌借來的。一部簡陋的檢算機也是借的。他和他的太太住在用柏油紙搭成的礦工住的房子裡，每月的租金祗需十五塊錢。斯蒂恩的成功，半賴機緣，半因刻苦而來。

在他開採鈾礦有了具體成績之後，原子能委員會從一九五四年開始向他收購。第一批交易就是五十二噸礦砂，代價是二百四十萬美元。以後，原子能委員會始終是斯蒂恩最大的主顧，他等於開到了一座金山銀庫，而且做的幾乎是獨門生意，有最可靠的客戶。

窮人暴富的斯蒂恩，從十五元一月的貧民住宅，搬進了一座價值百萬、有卅三個房間、寶塔型的大廈。家資億萬，交遊日廣，有一晚上他舉行的宴會中，到場的賓客竟有八千八百人！他爲了帶着太太環遊世界，買下一艘英國海軍的舊艦來重新改裝，花了二十五萬元。

斯蒂恩從鈾礦上發了財之後，又轉而投資其他事業，在德克薩斯州有航空公司，在內華達州有牧場；據他自稱，在洪都拉斯還有金礦和銀礦。但是，他現在已經面臨破產的邊緣。他自己說，他的各種投資的確太欠考慮，「那些行業我一點兒也不懂，全靠別人替我做主。」所託非人，於是而大蝕血本。

可是，在我們局外人看來，如果當初他的生活不是那樣的揮霍無度，應不至落到今日的下場。他現在不僅原來的財產蕩然無存，還欠了一百九十萬元的稅。

他也有他一套哲學，他說：「賺了錢就是要花的，我發過財，也很痛痛快快地花了。」一文莫名的斯蒂恩，目前全靠向朋友們借貸度日。他的太太到市場去買麵包要買隔夜的陳貨——因爲可以省一半價錢。

滄桑之變要五百年，斯蒂恩的遽起遽落，一共還不到十七年。當他們嚼着隔夜麵包而「遙想當年」的時候，不知該有些甚麼感觸？「常將有日思無日，莫到無時念有時。」當初但能有一分節制，也不至於落拓如此了。

民國五十八年五月十八日

正大光明

凡關文學藝術的欣賞，我自問不是一個狹隘的、極端的國家主義者。眞正好的文藝作品，屬於人類全體。當我們衡量文藝作品的眞價時，應該有超乎時空、超乎國家的標準。「惟我獨尊」的態度固然不對；看到是「國產」就搖頭的態度也是要不得的。

我於六月四日前往馬尼拉，擔任第十五屆亞洲影展大會的評審委員，至廿一日事畢返國。評審期間，看遍了亞洲各國所提供的精華作品三十餘部。我所得到總的觀感是：中華民國的電影事業的確是在進步之中。我們的出品與亞洲各友邦或地區相比較，無論是編、導、演，都有獨樹一幟的特色。在經歷了漫長的探索階段之後，中國電影已經開始建立了自己的風格，找出了自己的道路，表現了自己的特色。

而這絕不是我一個人的私見。亞展會的每一項獎的決定，都是經由代表七個國家或地區的十二位評審委員共同決定的。從看片、計分、複核、討論和投票，前後共十七天之久。大家是以審愼的態度和超然的立場，來進行評審的工作。評審的結果現在都已知道了，在約二十項獎之中，中華民國得了六項，幾乎佔三分之一。尤其是最佳劇情片的「金禾獎」(Golden Harvet Prize)和最佳紀錄片的「銀禾獎」(Silver Harvet prize)，分由「玉觀音」和「龍井鄉」膺選，同屬中華民國，尤屬難得。亞展舉行十五屆以來，過去從來還沒有一個國家能同時獲得這兩項殊榮的。

據我個人的觀感，我們的影片特長在乎眞實地反映人生，而且呈現著追求更高價值更高意義的努力；「玉觀音」不僅是一個愛情悲劇，更表現了一個藝術家爲追求完美鍥而不捨的精神。「新娘與我」和「小鎭春回」都是喜劇的嘗試，其中包含著新與舊的價值觀念的衝突。「小情人逃亡」的吳鳳鳳，一出場就給人以深刻的印象，她不知道自己是在拍電影，而只知道是在「玩」——一切藝術導源於遊戲，誰能說這個小孩子是不懂得演戲的人？「情人的眼淚」詩意盎然，哀而不怨，境界亦高。更難得的是，五部劇情片中除了古裝的玉觀音之外，全都生動地、赤裸裸地表現了今日臺灣社會生活的眞實——甚至於酒家女、養女、固執的農民、清苦的小職員的生活，都並沒有隱瞞，因爲社會問題是任何一個國家任何一個時代都免不了的。而我們的電影界從社會性的素材中提鍊出作品來，顯露出人性的光華，也從而肯定了、發揚了中華文化在每一個中國人的心靈上所發生的影響。我認爲，我國影片得獎的眞正原因在此。這是「正大光明」的中華文化的勝利，也是我們整個社會辛勤努力所獲得的成果。當世界影壇上「性與暴力」(Sex and Violence)的逆潮洶湧之間，我們的影片以清新的、善良的題材取勝。在評審會場中，不僅使人耳目一新，而且使委員們對於中華民國增進了認識與好感——中國影人與影片的得獎，是貨眞價實，正大光明的。儘管每一部影片皆非十全十美，但這一屆亞展中提出的中國影片，確乎有人所不及的地方。做爲一個中國人，我深以爲榮，並且對於我國電影事業的更大發展，寄予熱切的期望。

民國五十八年六月三十日

勉李行

在中國影壇上，導演李行一向被人認爲是一個「問題人物」。圈內人都承認他有才華、有魄力、有新的觀念與技巧；他所導的片子像「路」、「貞節牌坊」與「玉觀音」，內行人人稱好，但却通不過票房的考驗。說得嚴重一點，這是一種悲劇；不僅是李行的悲劇，也是中國電影事業的悲劇。

然而，「玉觀音」在第十五屆亞洲影展中榮膺最佳劇情片的「金禾獎」，揚名國際了。對於李行來說，這無異是「寃獄平反」。如果他的作品過去祇是「叫好不叫座」，在經過各國評審委員的「鑑定」之後，在廣大的觀衆之間，今後應可有不同的反應與評價。

日本大映公司的主持人亦即亞洲電影製片人協會會長永田雅一，以「羅生門」一部片子震驚世界，現在大家都知道了。可是，當年「羅生門」在日本初演的時候也是「門可羅雀」的。直到在國外得了獎之後，再在日本國內上演，才造成了轟動一時的盛況。記得當時日本駐在各友邦的大使館，都曾分別舉行欣賞會，柬邀當地的名流觀賞「羅生門」，引爲日本國民的光榮。「羅生門」的確是一部了不起的作品，但如果不是經過國際品評而完全看第一回合的票房紀錄，「羅生門」頂多也祇是叫好不叫座而已。

我不是說「玉觀音」已經是與「羅生門」一樣好的片子；但是，它們的命運却似有相同之處。

時代是要進步的；但時代進步的緩急遲速，與夫進步的方向是否正確，繫諸這一時代的人的努力與認識。走在時代最前端的人往往成爲犧牲者，犧牲者與幸運兒的際遇，分別祇在一線之間。但在藝術的領域之內，也惟有敢於以犧牲者自任的人，才有資格成爲幸運兒，藝術無徼倖，幸運是要靠不斷地埋頭苦幹中創造出來的。

有人說，李行是一個孤高自負，不容易講得進話的人。我猜想，這是他過去的遭際使然。越是不得志於票房，就越是不肯阿俗媚世，向市場趣味低頭，這本來是一個藝術工作者內心深處所必守的東西，不足深病。但是，就在李行屢敗屢戰的時候，仍然有製片人不計風險請他拍片，仍然有許多大牌演員心甘情願受他指導。現在，「玉觀音」得了金禾獎之後，李行的自信心以及有關的電影工作者以至觀衆們對他的信心，也必隨之增强。觀衆對他的要求會更高，策勉會更嚴；李行除了更要加倍努力於新的創造之外，需要有更大的耐心與謙虛。對於一個成功的人來說，虛心是最佳的攻勢武器。

在這次影展會中，中國導演如白景瑞、如吳桓、如張英、如楊文淦，作品都有良好的表現。當六月十七日下午亞展評審會舉行最後一次決定性會議之後，雖然我已知道這一屆的最佳導演獎屬於韓國的申相玉，但是，以片比片，我確信中國導演們都具有問鼎這個獎的潛力。李行因「金禾獎」不能得這一屆導演獎；但我們的導演今後能逐鹿此席的機會仍多，絕不怕後起無人的。

民國五十八年七月一日

爲甚麼是張冰玉

六月十二日，亞展評審會看過了臺灣製片廠的「小鎭春回」之後，熊琛兄和我面臨了一個難題：誰是女配角？

「小鎭春回」是一個小鎭上的老太太與三個女兒的故事。長女張美瑤是女主角，次女劉明，三女夏台鳳在演員表上很難說是主角還是配角。而正式的評分表上，女主角、女配角都各限定爲一人，「編制以外人員」是行不通的。

一部片子放映完畢，照例要由本國的評審委員把那部片子裡男女四個主配角色的姓名寫出來，供大家參考。惟獨那一次，我被「掛」在黑板上，寫不下去了。

於是，我們有一番小小的卽席的討論。劉明和夏台鳳在這部戲中份量幾乎相等，演技各有千秋；評審委員難有一致的意見。那兩位小姐都要隨團到馬尼拉，如果其中任何一位得獎，另外一位大概一定會「眼淚掉下來，掉下來」，那是熊琛和我不願意看到的景象。而且，以當時的形勢而言，票數極可能分散——因爲每一位評審委員是有權自行決定女配角是甚麼人的，如果那樣，就太吃虧了。

我問坐得最近的泰國委員岳森達拉夫人，「提那位老媽媽好不好？」她說她完全同意。再問日本的登川直樹先生，他是最資深的委員，他也說理當如此。問熊琛兄，他招招手。

「好啊，寫吧。」

於是，我用粉筆寫下了Chang Ping-yu，又大叫一聲：

「讓我們爲那個老媽媽投票。」

散會之後，新加坡的委員阿巴定先生說，「我很喜歡那個角色，也許因爲我們每個人都有媽媽。」

在最後一次會議上，張冰玉果然脫穎而出。

到今天，還有朋友對我說，亞展會的獎都是事先分配好了的；也有人說，日本人不會使出全身解數來。對這些說法，我祇好笑笑。參加亞展有二十多部劇情片，至少就有二十多位被提名的女配角，何以獨獨會「分配」給張冰玉？日本這次五部劇情片中最好的是「御用金」，男主角仲代達矢，女主角淺丘琉璃子，而女配角一席，是許多年前就當過主角，紅遍半邊天的司葉子。無人能否認司葉子是第一流的好演員。

我們當然不能說張冰玉的演技已經勝過司葉子，但就這兩部戲來比較，臺灣小鎮中的老媽媽，確乎比那位中古時代武士之妻能給人以更深刻的印象。

花甲之年的凱薩琳赫本，能得奧斯卡女主角金像獎，爲世人所豔稱。本乎這一原則，我們爲甚麼不該在「綺年玉貌」之外多多考慮女演員的演技呢？

劉明與夏台鳳都已是可以挑大樑的人才。她們今後一定有更好的發展才華的機會。「小鎮春回」快結尾時，張冰玉與夏台鳳重逢互相擁抱的一幕，是一場感人的好戲。張冰玉應該慶幸她有那三個好女兒的烘托；使她演活了那個中國社會中執拗、保守、心地慈祥的老母親。

除了在銀幕與螢光幕上之外，我從來不曾見過張冰玉本人。但是，就從她在「小鎮春回」中的演技而言，亞洲最佳女配角的榮譽，她是當之無愧的。

民國五十八年七月二日

男小生

我過去不大喜歡看國產影片，原因之一是怕看脂粉氣、娘娘腔、而又滿嘴「西式文法」的小生。有相當長的一段時期，中國電影裡出現的小生很多，都不像眞正的男人。或者他們心目中所要學的，是全盛時期的泰倫寳華或羅勃泰勒的英俊瀟灑。然而，英俊瀟灑絕不僅存在於眼睛、鼻子、髮式或某一個姿勢上，他得心裡邊先有點兒「東西」。差了那一點，頂多便只能學到半個彼得勞福型的花花公子。我猜想，凌波女士反串「男生」而居然大行其道，若干原因之一也許正由於從前國片中的小生本來就少見眞正的丈夫氣概。

男人的「帥」，猶如女人的「嫵媚」，不是很努力地裝模作樣可以達到的。亨弗萊鮑嘉是「銀幕上最醜的美男子」，但他自有一股男性的魅力。華德畢勤就在年輕時也總是瘟裡瘟氣的，史賓賽屈塞更倔强了一輩子；然而，即使在「誰來晚餐」他已經滿頭銀髮、行將就木之時，仍然是一個充滿了生命力的、虎虎有生氣的可愛的男人。

男性的美，大半來自堅定、執着，木訥近乎仁。「鴛夢重溫」裡的考爾門，「嘉麗妹妹」裡的奧立佛，「日正當中」裡的賈利古柏，可愛之處並不在於談情說愛、月下花前。他們那種止如山嶽，動如風雷的氣勢，才表現了眞正的男人，儘管他們也有男性的缺點，但那種剛勁內斂、爐火純青的性格與演技，使男性敬慕，使女性傾心——銀幕情聖，儘可以華髮星星；他們所表現的「情」，老而彌堅，是「別有一段繫人心處」的。

僅僅乎英俊漂亮是不値甚麼的。蒙哥馬利•克利夫特很漂亮，然而像「終站」裡的深沉、狂熱、與憂鬱感，多麼令人回味無窮——那似乎與他英俊的儀表，並無決定性的關係。傑克李蒙的下巴有多麼長，又矮又醜的傑姆斯賈克奈有多麼霸氣，但他們都十分之人性，因而就十分之可親。

這次參與亞展會的評審，我覺得最値得高興的現象之一，是我們的五位男主角，都有堂堂正正的鬚眉氣象。「玉觀音」的陳寧，「新娘與我」的王戎，「小鎮春回」的吳桓，「小情人逃亡」的陽明，和「情人的眼淚」的田鵬，演技與造型雖各有不同，但有一個共同的優點：他們都是眞正的男人！這不僅顯示出演員們的水準，也顯示出製片者的敢於走新路、走大路，不復在「

小白臉」的死角中兜圈子。這是值得慶慰的進步。

這並不是說小生一律都要「傻大黑粗」，那要看劇情。男人的可愛處，要懂事、要通情、要深沉、要蘊溫柔體貼於剛烈之中。男明星需要多多鑽研心裡的戲，製片者應該給他們更多磨練與發揮的機會。

在馬尼拉，有人問到張美瑤爲何不到，也有人問到楊羣。可見觀衆並不一定「重女輕男」。在影展的評分表上，男主角列名在女主角之前。大會開幕與閉幕典禮中，佔盡一時風光、壓倒各國佳麗的，是日本的小生寶田明。

人生少不得男人，電影中也是如此，男演員們要加倍努力，爲男人爭一口氣。

民國五十八年七月三日

所望於邵氏者

在參加亞洲影展的各國家或地區的代表團中，每一個單位都包括好幾個公司。以中華民國爲例，有中影、台製、聯邦、中天和中華五家，日本、韓國、菲律賓等，亦莫不如此。惟有香港和新加坡是例外，這兩個單位的代表團都由邵氏兄弟公司組成，這是很特殊的現象。

六月十八日上午，菲律賓總統馬可仕與夫人在總統府中接見各國代表團。雄辯滔滔的馬可仕總統，講話十分風趣。他說由於亞展大會的舉行，使各國電影界巨子與明星們共聚一堂，從而增進了各國間的友好睦誼，是一個了不起的成就；「這是我們的外交部長羅慕洛先生尙未能達成的任務。」這話贏得了全場的掌聲。羅慕洛當時就坐在總統的對面。

馬可仕禮數周到，致詞中對各國代表團都各別提及，說一兩句獎勉的話，當輪到香港時，他說，「我久聞Run Run Shaw的大名，可是從來沒有見過他。今天能在此地會面，我覺得很高興。」

邵逸夫先生的英譯名Run Run，使外國人容易留有印象；但能支持這一印象的，畢竟還是要靠他的事業。以一個「避難南來」的中國人，拋棄了在上海的基業，在異國的殖民地上建立起一片銀色的王國，則其人之才調與魄力必有不凡之處，斷非全賴機運使然。

這次在亞展會中，我仔細觀賞了邵氏的出品，見到了邵先生本人，也結識了香港的評審委員潘朝彥先生和費明儀女士，與潘、費兩位並且成為很談得來的朋友。我不認為他們兩位後來的抗議是有何惡意的。而邵先生對此事的態度，一面支持香港評審員的抗議，一面尊重評審會的共同決定，可以說是很得大體，值得稱道。

對於邵氏的出品，我有一些意見。以邵氏的人力物力與工作經驗而言，似乎應有更佳的表現。在這屆亞展會中所看到的香港五部劇情片，「雲泥」似最好，「三笑」與「兒女是我們的」其次，「鐵手無情」和「死角」在各國評審委員中的評價不高。新人狄龍身手不俗，但「死角」的故事委屈了他，也糟蹋了李菁。關於製片路線的取決，邵逸夫先生似乎應該負更大的（如果不是全部的）責任。

邵氏弟兄以一部「火燒紅蓮寺」創業南洋，如今旗下的影院一兩百家；最近八年來自營製片，每年有五、六十部的產品，這是一個龐大的力量，也是中國人在海外創業的光榮。以一個私人企業來說，邵氏公司要考慮到血本與市場、觀衆與票房。我們不能要求邵氏的製片路線與國內全同。然而，電影事業在企業化之外，畢竟仍是一種藝術，畢竟仍是一種可以「寓教化於娛樂之中」的、影響深遠的大衆傳播工具，我們期待邵逸夫先生依據他的智慧與經驗，從這個方向來檢討今後出品的路向，爲海外中國人的電影事業開創一番新境界。

我相信，觀衆的欣賞水準是在不斷進步之中。我也相信，邵氏公司的出品是應該更進步、能够更進步的。Run Run，要大步跑向前去。

民國五十八年七月四日

「黑蜥蜴」丸山

在第十五屆亞洲影展中，有兩位演員稱得上是「特殊」的，那便是日本的丸山明宏與香港的凌波。他們兩位都在銀幕上變了性別，丸山是以男扮女，凌波是以女扮男。

丸山明宏主演的「黑蜥蜴」（Black Lizard），於六月五日放映給評審委員們看；這是我到馬尼拉看到的第一部片子，所以印象特別深刻。

「黑蜥蜴」是一部戲劇性很濃的傳奇電影，原作出於日本早期推理小說名家江戶川亂步的手筆，由前年曾獲諾貝爾文學獎提名的小說家三島由紀夫寫成劇情故事，成澤昌茂改編爲電影劇本。執導者是深作欣二。三島爲了加强號召力，並且粉墨登場，扮演了一個戲雖不多，但却甚爲別致的角色。

當然，戲的主要部份，在主角丸山明宏的身上。他飾演一個黑社會的女頭目，綽號「黑蜥蜴」的綠川夫人，是個芳信年華、明眸皓齒，而手段極其陰狠的珠寶盜竊集團的領袖。表面上，黑蜥蜴是一家夜總會的老闆，爲了要奪取一枚名叫「埃及之星」的大鑽石，用盡了心機，使出許多心狠手辣的詭計，兩度刼去寶石主人的愛女以爲人質。黑蜥蜴還有一個特殊的癖好，他喜愛完美的肉體美，無分男女，只要被他看中，便都要製成「人型」，收藏在某一孤島上的美術館中。三島由紀夫便是人型之一，在那兒顯示了他健美的體型與活力。

故事雖然曲折而富傳奇性和刺激性，但境界則屬平平。在日本的五部劇情片中，黑蜥蜴遠不及「御用金」，論風格似還比不上「大幹部」。

但是，丸山明宏的演技與造型都値得稱賞。他以一個鬚眉男子，扮演在燈紅酒綠中打滾的風情萬種的女人，居然頭頭是道。他戴的是假髮，身上想必還有些別的部份也不是眞的。然而，他的低顰淺笑，十分女性化，十分柔媚。他的眼睛居然有點兒像張美瑤。有一位女性評審委員特別指出：穿著袒肩露背晚禮服的丸山，肩部以次圓潤無瑕，眞是「難得」。他的小動作都是女人的；雖然講話的聲音稍顯低沈，但也不過是「白光型」，並不足以洩露他的底牌。有好幾位不知內情的評審委員，在看完了全片之後，都沒有發現他是一個男人。

日本評審委員登川直樹先生在「黑蜥蜴」放映之後作了簡短說明，他建議，丸山明宏不是「

最佳女主角」或「最佳男主角」的候選人，而是「最佳演員」（Best Player），這是一個「中性」的頭銜。

我認爲丸山的演技相當高明，別的委員們也都認爲他很不錯。大家可能都會給他相當高的評價，然而，我猜想，沒有一個人會給他最高的分數。「反串」是一種變格，一個男人演女人，自然無法說他是「最佳男主角」；如果說他是「最佳女主角」，那又未免太輕視別的女明星了。電影畢竟不是平劇，男扮女裝很有趣，但爲藝術而言却無此必要，因而也就沒有值得特別獎勵的理由。

民國五十八年七月五日

反串是犧牲

幾年前，「梁山伯與祝英台」轟動臺北的時候，我在海外未歸，無從領略其盛況。在這次的亞展會中，香港推出了「三笑」，主角是凌波與李菁。唐伯虎三笑點秋香的故事，比「梁祝哀史」流傳得更爲普遍。凌波女士易釵而弁，反串風流倜儻的唐解元，自然是駕輕就熟。「三笑」已經在臺灣公演過。這是一部娛樂性相當高，因此票房收益也還不錯的戲。色彩鮮麗，有不少的笑料，又有說一段、唱一段的黃梅調，是很容易使某些中國的觀衆「擊節稱賞」的。

但是，提出「三笑」來參加亞展，我覺得這可能是邵氏公司「戰略」上的失着：「三笑」不是宜於外銷的產品。試舉一例以明之：唐寅爲了追求秋香，不惜賣身爲奴，改名康宣，混進相府，他的表妹恰巧是相府中的二少奶奶。新進的奴僕拜見二夫人，當場就被識破了機關。那位表妹二夫人一面扭着身段，一面唱着，「別人是藏頭露尾，你是藏尾露頭。」

我想，卽使她不是唱黃梅調，而是用英語發音的對白，把「唐寅」與「康宣」這四個中國字頭尾解釋一番，究竟能否使各國評審委員們「恍然大悟」，體會到其中之妙，也還是個問題。用黃梅調來抑揚頓挫一番，更難怪多數委員們不求甚解了。

但是，凌波的確是一個好演員。她已經「克盡厥職」地達成了劇本所賦予她的任務。然而，充其量也只是如平劇裡的一個小生，並非百分之百的男性化。她的這一角色，正如「黑蜥蜴」中的丸山明宏一樣，可以得到相當好的分數，但却不可能贏得「最佳」。在看片之後，香港的朋友說，凌波是女主角。評審委員們雖然同意了，但那同意不是很自然的。

其實，凌波以本來面目扮演女主角，成績並不差，譬如在「兒女是我們的」裡面，她演一個教員之妻，雖然劇情有若干値得推敲的地方，凌波的演技仍是很傳神的。以她的藝術修養與生活背景而言，「阮玲玉路線」對她可能更爲相宜。邵氏應該讓她好好地演幾部悲劇，「反串」只可偶一爲之，豈可再二再三！

一個偉大的藝術家如果到了「重複自己」的地步，便是其藝術生命日暮途窮的時候。擁有廣大影迷的凌波，應該有勇氣突破「反串」與黃梅調，去追求更高的成就。

評審委員中的中國人——包括來自中國與香港的在內，對於凌波可能都懷有較多的敬意；然而，外國人如何想法呢？也許會將女扮男裝的凌波與男扮女裝的丸山明宏等量齊觀吧？

爲凌波女士計，那是很不合算的事。「反串」的角色，只能贏得有限度的喝彩；對於具有競爭「最佳女主角」之實力的凌波來說，反串是不必要的犧牲。在世界任何一種影展裡，反串的角色都是沒有甚麽地位的。

民國五十八年七月六日

電視的第一回合

從下個星期開始，籌劃多日的中國電視公司將正式開播。這是臺灣的第三家電視公司。三家之中，臺灣電視公司開播最早，基礎亦最厚；教育電視台則因任務不同，始終祇能局限於午後的「空中教室」階段，必待中視出而後才眞正形成了「友誼對抗賽」之局，電視觀衆可以有所選擇了。

觀衆因好惡而有選擇，選擇即可刺激競爭，競爭往往可以（雖然不是必然的）導致進步。任何一種事業能因自身的檢討與省察和外來的批評與競爭而謀求進步，都必有助於整個社會的進步。電視之兩雄並起或三足鼎立，站在我們觀衆的立場來說，是一種值得歡迎的現象。

電視是一種普遍的娛樂，也是一種相當有效的大衆傳播工具。但電視本身亦含有一個不可克服的弱點：它易普及而不易深入，可觀賞而無法保存。報紙上的一篇好文章，可以剪而存之，環誦再三，像梁任公「異哉所謂國體問題者」那樣的作品，且更可進入歷史，並不因時過境遷而成明日黃花。電視上的節目則祇能賞心娛目於當時，連兩週前「法網恢恢」的情節也有些糢糊，遑論其他。電視注重的是眼前效果。

然而，電視的「威力」畢竟是不容輕估的。「登陸月球」報導的生動及時，遠非文字所能及，即其一例。

正因爲電視着重在眼前效果，所以同行之間競爭特別激烈。一位讀者可以花兩三個小時，讀遍全臺灣的報紙，對於同一事件的報導和評論，可以逐字比較，仔細推敲。但是，一位觀衆面對兩家以上電視同時播出時，必然會有魚與熊掌，不可得兼之憾。美國前總統詹森在白宮辦公室中有三部電視機並列，以便同時比較美國三大全國性電視公司的新聞報導。我很羨慕他的設備，但很懷疑他的收看效果。兩眼看三機，那是很不人道的事。

有個西方人說：「報紙爭取讀者，它祇是想做你最好的朋友；電視爭取觀衆，像太太一樣，它恨不得把你獨佔。」現在，我們面臨兩家電視「恨不得把你獨佔」，左右逢源，可謂樂不可支，爭妍鬪勝，有得看了。

兩家電視宣傳的前哨戰，早已開始。中視是新硎而試，鋒銳可知；臺視是嚴陣以待，實大聲宏。一個以彩色節目爲號召，一個以延長時間爲招徠。臺視新增若干節目中，以賀蘭芝、琴惠斐和蘇利文節目，可算是精中取精；中視的翁倩玉，人未到已經先聲奪人。露西與七海遊俠，都選得很聰明。還有許多別的節目，雙方有不同的名稱，不同的作法，其間高下，都要看過方知。

觀衆的反應，此刻猶如看兩個實力不明的球隊開賽前的心情。觀衆無偏好，他們希望臺視能在現有的基礎上更加充實改進，同時也期待中視能求新求變，一鳴驚人。

有競爭總比沒有競爭好，求進步總比不求進步好。電視事業亦復如此，讓我們且拭目以待，看看下週開始的「第一回合」。

民國五十八年十月三日

影視合作無緣？

前些日子，電影製片協會通過一項措辭堅決的決議案，規定會員單位製作的影片，不得在電視上放映，連已經簽了約的也「溯及既往」，廢約了事。這樣規定的理由，據說是爲了維護國產片的前途。對於這個決定，各方議論不一。我與很多朋友具有同感，這是片協的失策，這個決議案對國產片前途發展的利害如何，很成疑問。

三三草去年六月十九日就曾有「影視合作」的建議，希望電視上能不時放映國產片，至少每週日的電視長片可以優先考慮用國片。在我提出這個意見時，認爲將來「拿翹」的一方可能是電視。想不到「合作」初露曙光之際，拒人於千里之外的竟是電影界，令人百思莫解。

電視的日益普及，電影院的生意直接受到影響，這是不容諱言的事實。看電視一來方便，二來省錢；兩者競爭起來，電影處於不利的地位。電視上的中外節目，雖然也有很糟的，但它是免費供應，補給到家。電影受電視的打擊，是世界性的現象，不獨此時此地爲然。

但是，電影與電視既然同爲娛樂，並非必然要對立，而仍有許多可以合作之道。製片人出售舊片其一也；其實現在好萊塢有些電影公司，乾脆成立電視片的製作部門，利用原有的人才、經驗、與設備，自己就是電視片的供應者。

將國片送上電視，最明顯的好處，是可以擴大國片觀衆的陣容（不僅是數量，還包括觀衆的質）。

國片水準近年有很大的進步，但觀衆的「習慣」不是一下子可以扭轉得來的，大抵教育水準越高的人，看國片越少。如何突破這一道關口，使某些極少看國片的人也都能欣賞到國片的進步而心悅誠服，這是電影界的一大難題。國片上電視，本來應該是最合理也最方便的途徑，可以部份地解決這個難題，可以使國片多多接觸一些本來無從接觸到的觀衆，當然也可以培養、吸引以後花錢買票入場的觀衆。現在，這座門關起來了。

一部國片賣座如果能到四百萬元，便是要大作宣傳的盛事。卽令眞能賣到四百萬元，全臺灣看到這部片子的不過二三十萬人。臺灣現在有多少電視機呢？這是很容易算的。

國片給電視放映，當然不會是新片，甚至可以講明了是一年兩年之前的舊片，這對於製片界眼前生意影響不大，却可以增加一筆可靠的收入。這是大多數有電影與電視的國家都可以辨得到的事，我們這兒爲什麽就不敢嘗試？電影界有否客觀而具體的統計調查？

如果說競爭的話，國片的第一對手應該是西片和日片，因爲那些觀衆是花錢的。看電影的習慣有連鎖性，能先不花錢看到一部「的確很好」的國片之後，以後花錢的機會多着呢。電視是國片的友軍，至少在目前可以如此說。

現在，片協決議已經鐵案如山，一時當然難以挽回，再過幾年之後，電視自己的節目水準提高，合作之說就更不必談，看來只好歸之於「無緣」了。

後記：「影視合作」到五十九年二月間有了新的發展。中國電視公司放映了「長巷」和「傳統」兩部國片。電影界甚爲不滿。可是社會公衆對於中視的做法都表示支持。看來在輿論界的敦促之下，可能達成某種協議的。

民國五十八年十月二十六日

聽戲與讀書

中華文化復興運動委員會主辦的「國劇聯合公演」，是今年文化活動的一樁盛事。一連十天的演出，益之以報章的報導，電視的轉播，掀起了空前的熱潮。用國劇的演出作爲發揚中華文化的一個重點，可謂「用己之長」，眞正對了點子。

十天之中最過癮的當然還是「四郎探母」。據說黃牛票高達一千元一張。我想那是可能的，顧正秋與周正榮「坐宮」的對口値五百元；杜夫人的「一見嬌兒淚滿腮」至少也値五百元。從「夜靜更深，進帳何事？」到「四郎，我兒」的叫頭，由平淡而翻入高潮，吞吐間字字見工夫，這就是可意會而不可言傳的藝術，像拜慈藹等諸位後進，單爲了這幾句「千斤白口」，也値得頂禮膜拜，好好學習的。有位聽戲的老前輩說，這次大公演可以媲美民初菊壇極盛時期。在我看，當得起如此讚揚推重者，杜老太太一人而已，龔雲甫我不曾趕上，李多奎可聽得太多，他有此高亢激動，但絕比不上杜夫人的雍容氣象。

顧正秋還是好，無論行腔之圓，唸白之甜，身段之美，自由中國仍是第一份兒。顧與杜都是洗淨鉛華，息影家居，「玩藝兒」擱下了多年的；但是，隨便拿出來露一露，還是滿宮滿調，一絲不苟，這亦正足以見藝術的莊嚴，一分工力，一分才華，乃能有一分的成就，其間絕無徼倖偶然。對於各行各業的「青年才俊」們，這都是極有意義的啓示。

三位四郎都很稱職，但與「眞好」還有點兒距離。胡少安的本錢最足，但是「過火」的地方也最多。「藝術之可貴在於含蓄，」這話値得揣摩。

大公演不僅使許多中老年人「發思古之幽情」，也使千千萬萬青年朋友們引發了欣賞國劇的興趣。這才是這次公演最大的收穫。

問題是如何保持這種興趣於不墜，如何再求更進一層的瞭解。我覺得，聽戲如讀書，除了多聽之外，還得自己用一點兒工夫。聽戲在娛目賞心之外，還有其鄭重的一面，不是可以走捷徑的。

電視上有平劇節目——雖然我自己對於「新編平劇」從不領教，但對於過去沒有聽戲經驗的年輕人，即此亦可以聊勝於無。中廣公司沈瀞女士的「菊壇春秋」是一個有深度的節目，內容不錯，但要聽者自己先有點兒底子才能領略其妙。

我還要介紹劇評家李浮生先生的「中華國劇史」，四九二頁，正中書局經售。全書分十七章，前八章是「史」，後九章則是有關國劇的基本知識，從角色類別、基本技藝、聲律音韻，到場面砌末，乃至劇本和後台組織，無所不談。讀此書之後仍不能算完全「懂」戲，然而，此書是目前要想理解國劇的最好的工具書之一。具備了這些知識再走進戲院，聽起來就容易踏入門牆，見宮室之美了。至於爲了瞭解戲的人物情節，而應該再多讀讀三國演義之類的章回小說，明白一點忠孝節義，自更是「應有之義」，否則算甚麼文化復興呢？

民國五十八年十一月三十日

三民文庫已刊行書目（二）

41.	寒花墜露	繆天華著	小品文
42.	中國歷代故事詩①②	邱燮友著	文學
43.	孟武隨筆	薩孟武著	散文
44.	西遊記與中國古代政治	薩孟武著	歷史論述
45.	應用書簡	姜超嶽著	書信
46.	談文論藝	趙滋蕃著	散文
47.	書中滋味	彭歌著	散文
48.	人間小品	趙滋蕃著	散文
49.	天國的夜市	余光中著	新詩
50.	大湖的兒女	易君左著	回憶錄
51.	黃霧	朱桂著	散文
52.	中國文化中與國法系	陳顧遠著	法制史
53.	火燒趙家樓	易君左著	回憶錄
54.	拋磚記	水晶著	散文
55.	風樓隨筆	鍾梅音著	散文
56.	那飄去的雲	張秀亞著	小說
57.	七月裡的新年	蕭綠石著	散文
58.	監察制度新發展	陶百川著	政論
59.	雪國	喬遷譯	小說
60.	我在利比亞	王琰如著	遊記
61.	綠色的年代	蕭綠石著	散文
62.	秀俠散文	祝秀俠著	散文
63.	雪地獵熊	段彩華著	小說
64.	弘一大師傳①②③	陳慧劍著	傳記
65.	留俄回憶錄	王覺源著	回憶錄
66.	愛晚亭	謝冰瑩著	小品文
67.	墨趣集	孫如陵著	散文
68.	蘆溝橋號角	易君左著	回憶錄
69.	遊記六篇	左舜生著	遊記
70.	世變建言	曾虛白著	時事論述
71.	藝術與愛情	張秀亞著	小說
72.	沒條理的人 ①②	譚振球譯	哲學
73.	中國文化叢談 ①②	錢穆著	文化論集
74.	紅紗燈	琦君著	散文
75.	青年的心聲	彭歌著	散文
76.	海濱	華羽著	小說
77.	僾門春秋	幼柏著	散文
78.	春到南天	葉曼著	散文
79.	默默遙情	趙滋蕃著	短篇小說
80.	屐痕心影	曾虛白著	散文